送り舟

柳橋ものがたり 4

森 真沙子

時代小説

二見時代小説文庫

目次

送り舟——柳橋ものがたり4

第一話　夏草の詩《うた》

一

その日は夜半から、ひどい暴風雨になった。

バシバシバシと横殴りに風雨が打ちつけると、川べりに建つ船宿『篠屋《しのや》』は、不気味な音を立てて軋《きし》んだ。

どこかでバタンバタンと聞こえるのは、……あれは裏木戸の鍵が外《はず》れて、風が吹くたび開閉する音かしら。あれこれ考えて、綾《あや》は眠れなかった。

この慶応《けいおう》三年（一八六七）の六月、柳橋《やなぎばし》の料亭に強盗が押し入り、有り金を奪って逃走する事件があった。

篠屋はいつも真夜中まで船頭が詰めており、未明までは当直が泊まり込んでいる。

だがこのような嵐の夜は、皆早じまいしてしまう。

今夜、当直で残っているのは……と考えて、綾はがっかりした。あの頼りない、最年少の竜太《りゅうた》である。

綾の隣には、年若く美貌の女中お波《なみ》が布団を並べているが、昼間の疲れでか嵐などどこ吹く風で、鼾《いびき》をかいて眠っている。

嵐が去った翌朝、裏木戸の蝶番《ちょうばん》が壊れ、玄関前に置かれた白粉花《おしろいばな》の鉢が、風に倒され真っ二つに割れていた。

白粉花は夏の夕べに咲きだす花で、薄暗くなりかけた道端にその濃紅色の花群れを見つけると、ああ、夏になったんだ、と綾は思う。

よく父と歩いた夕ぐれの町角で、

「この葉っぱは切り傷に効く。根を乾《ほ》して煎じると、利尿剤《りにようざい》だ。乾燥させた根の中には、白い粉が詰まっているから白粉花という……」

と教わったものだが、柳橋に来てから、夜の初めに華やかに咲くので〝夕化粧《ゆうげしよう》〟とも呼ばれる、と聞いてこちらの呼び方が気に入っている。

この朝、雑用を済ませた四つ（十時）過ぎ、綾は襷《たすき》掛けで庭に出て、白粉花を植え替え始めた。

一段落して、如雨露《じょうろ》で水をやっていると、背後に人の気配がした。

顔をあげて振り向き、ハッとした。

背後に立っているのは、昨日見かけたあの男……？

昨日、嵐になると聞き、早めに両国橋《りょうごくばし》まで使いに出かけた。すでに黒雲が空を覆い始めていて、川を上下する小舟も橋を行き交う人々も、心なし先を急いでいた。

急ぎ足で川べりを下って行くと、大川《おおかわ》の方からやって来る男がいた。

三十を少し過ぎたくらいか。中肉中背でがっしりしており、真っ黒に日焼けした頰は削《そ》げ、顎に蓄えた髭《ひげ》は濃かった。

髪は総髪《そうはつ》にして後ろで束ね、総じて男前だった。

ただ、濃い眉の下の目が鋭くて、綾は目を合わせずにすれ違った……。

「ねえさん、ちょっといいかい」

と男はしゃがれ声で、屈み込むようにして言った。昨日すれ違ったとは、気づいていないらしい。

「はあ」

綾は慌てて立ち上がる。男は昨日と同じ洗いざらした桟留縞《さんとめじま》の素袷《すあわせ》で、はだけた胸から、濃い胸毛がのぞいていた。

「ここに磯次《いそじ》という船頭がいるだろう。すまねえが呼んでほしい」

「ああ、磯さんですか」

強い日差しが眩《まぶ》しく、額に手をかざして、船着場を見やった。

今朝は早くから船頭らが集まって来て、舟の手入れをしていたのだ。川は波立っていたが、昼過ぎからは船を出すらしく、手入れを済ますと皆どこかに散って、誰もいない。

「今は見えないけど、昼には来ると思います」

「どこに住んでるか分かるかい？」

いえ……と綾は首を振った。知ってはいるが、余計なことは伝えない方がいいと思った。

「そうかい。じゃ、昼ごろにまた来よう」

あっさりと男は言った。

「あ、お名前を……」

「うん、威五郎《いごろう》ってんだ。五郎が来たと言ってもらえば分かる」

「はい、かしこまりました」

威五郎と名乗った男は軽く会釈し、両国橋の方へ歩み去った。

磯次が勝手口から入って来たのは、それからしばらくしてからだ。

台所の板の間に座って、今日のお品書きに合う食器を見繕《みつくろ》っていた綾は、顔を上げた。

「磯さん、先ほどお客さんでしたよ」

「……おれに？　誰かな」

船頭部屋に向かいながら、磯次は不思議そうに呟《つぶや》いた。

「威五郎って人。五郎といえば、分かるって」

「…………」

磯次は足を止め、振り向いた。

その強い目の色に綾はドキッとした。日ごろ見馴れた磯次にしては、いわく言いがたくきつい表情だ。

「そうそう、お昼ごろにまた出直すって」

「分かった」

と頷き、軽く手を上げて船頭部屋に消えた。

どこか落ち着かない気分が、綾の胸に残った。あの威五郎という男は、どうやら磯次にとって、軽い関係ではなさそうに見える。

その客を、磯次は船頭部屋で待つつもりだろうか。客はこの勝手口に訪ねて来るのだろうか……。

そんな余計なことをあれこれ考えるうち、磯次は何とも言わずに外に出て行った。

だが昼を過ぎても戻らず、来ると言った客も現れなかったのである。

二

その代わり、長身の竜太がのっそり入ってきた。

「お早う……」

と口の中で言い、チラと厨房《ちゆうぼう》内を観察する。

当直だったから、朝五つ（八時）には帰ってたっぷり眠ったはずが、まだ寝足りなそうなぼうっとした顔をしていた。

だが薄暗がりから、明るい方へやって来て、そのぼんやり見える理由が分かった。

片頰が、薄紫色に腫《は》れあがっている。

お早……と言いかけて、綾が声の調子を上げた。

「あら、その顔どうしたの」

「あ、いや、ちょっとぶつかっただけ……」

「でも、ずいぶん腫れてるじゃない。お薬塗ってあげるからちょっと待って」

「いらねえよ。こんなん、しょっちゅうだ」

と竜太は首を振って、朝食の膳を整え始める。

だが綾は、台所専用の薬を持って追いかけた。打撲《だぼく》や打ち身に効く〝紫雲膏《しうんこう》〟を指先にとって、竜太の左頬を抑えて塗っていく。

「これ、ぶつかったってより、ぶつけられたようだね。喧嘩して殴り合ったとか？」

「………」

「痛む？」

「うるせえな、見りゃ分かるだろ」

「痛みは、目じゃ分からないものなの」

と綾も言い返す。

「ところで、その辺に、磯さん見なかった？」

「……親方なら、さっき家を出てったよ。お客みてえな人と一緒だった」

綾はハッと目を上げた。

「お客さんて、どんな?」

「うーん、三十過ぎで、髭があったな。二人は上がり框《かまち》でちょっと喋《しゃべ》って、すぐ出てったみたいだ」

そうだったのか。磯次は近くで客と出会い、自宅に連れて行ったのだ。

「でも、あんた、やけに詳しく知ってるじゃない?」

「ああ……」

綾の追及を逃れられないと諦めたのか、竜太は頷いて言った。

「実はわし……親方んちで寝てたんだ」

「え?」

「わしの家は、雨漏《あまも》りしてさ」

竜太と磯次は、同じ長屋の両端に住んでいる。

今朝、路地の入り口付近の自宅に帰ると、昨夜来の雨で、四畳半に雨漏りがしていた。部屋は一間《ま》しかないから、布団が敷けない。

やむなく路地奥にある、磯次の家に行ったのだ。

そこは間取りが広く、手前に四畳半、奥に三畳と押入れがある。その先に縁側があり、猫の額ほどの裏庭に出られる。

竜太は今の部屋に入るまでの一か月、この三畳間に寝泊まりさせてもらっていた。磯次は、玄関の戸に鍵をかけない。それを知っていたから、難なく入って、奥の坊主《ぼうず》畳《たたみ》の三畳に布団を敷いて潜《もぐ》り込んだ。

しばらく眠ってから、玄関の戸が開く音で目が覚めた。

磯次が帰って来たのはいいが、他に誰かを連れている。

耳をすますと、男のようだ。二人とも急ぎの話があるらしく、座敷には上がらず、上がり框に腰を掛けて喋っている。竜太はそのまま動かず、じっと布団にいた――。

「じゃ、二人の話は聴いたわけね」

つい釣り込まれて訊くと、竜太は細い目を上げ、

「ところがさ……」

とまたチラと奥に目を走らせ、言い淀んだ。薪三郎《しんざぶろう》とお孝《たか》を気にしているようだが、二人は菜を刻んだり煮物をしたりで、せっせと忙しく立ち働いている。

「そうは行かねえんだよ」

竜太は声を低くして言った。

「親方は今朝早かったから、わしが篠屋を出る時、もう船着場にいた。それを知って

たから、特に断りもしねえで家に入って寝てたんだ。だが親方は、わしがいるとは思ってねえ……」

下駄は縁の下に押し込んでおいたから、それも見ていない。

だが上がり框で客人と言葉をかわしかけて、磯次は急に黙り込んだ。

部屋の異変に気づいたのだ。四畳半と三畳の部屋を仕切る襖《ふすま》は、普段は開けっ放しなのが、今は閉まっている。

立ち上がり、やおらずかずかと部屋に上がって、ガラリと襖を開いた。

布団に半身起こした竜太を見るや、磯次は殺気立って、その胸ぐらを摑んだ。

「てめえ」

「ご、ごめん、親方……、部屋が雨漏りしちまって」

謝る声に耳も貸さず、大きな手を振り上げ、平手で張り倒した。

一発で竜太はぶっ飛んだ。痺《しび》れるほど痛かったが、さすがに不様《ぶざま》な気がして、すぐ身体を起こした。

その時目に映ったのは、腕を組んでこちらを見守る客の姿と、篠屋の半纏《はんてん》を脱ぎ捨てて出て行こうとする磯次の後ろ姿だった。

「まあ……」

綾は、まじまじと竜太の頬を見た。

「これはまだ、張っ倒されたばかりのホヤホヤだ。痛くねえわけがねえや」

台所の一角で、期せずしてワッと笑声《しょうせい》が上がった。

調理人と、女中頭《がしら》である。忙しそうに立ち働きながら、二人はちゃんと聞き耳を立てていたのだ。

綾も笑いだし、しばし笑いが渦巻いた。

綾は笑いはそこそこに、冷たいお茶を出してやった。

「じゃ、どうして磯さんが、そんなに殺気立っていたか、何も聞いちゃいないわけね」

「まあな……」

麦飯をかき込みながら、竜太は頷いた。

「でも、磯さんも、荒っぽいじゃないかねえ。知らぬ仲じゃなし、無断で入ったくらいで、殴るまでしなくってもいい」

とお孝が非難する。

「あ、いや、悪いのはこっちなんさ……」

竜太は茶碗を置いて言い、思い出すような目つきになった。

「親方はどうも、その人を、見られたくなかったんじゃねえか。だから誰にも見られねえよう、家に連れてった。そこにこのわしがおったんで、カッとなったんだ」

「あれ、あんた、殴られたのに肩を持つのかい」

「いや、おばさん、そうじゃねえんだ。実はおれ、ここだけの話だけどさ、見ちまったんだ……」

「え？　何だよ、ここだけの話だなんてさ」

「その人の腕に、丸い輪っかの入れ墨があった」

と竜太は、二の腕を見せて言った。台所は静まった。

「何本あった？」

と、思いがけなく奥から薪三郎の声がした。

「何本て……一本だったけど」

腕の丸い輪っかの入れ墨とは、島送りにされた囚人の刻印《こくいん》である。

それが一本であれば、島送りは一回だ。ということは磯次を訪ねて来た男は、過去のいつか……たぶん近い過去に、島から娑婆《しゃば》に戻ったのだろうと思われる。

〝威五郎が来たと言ってもらえば分かる〟という伝言は、二人の親しい間柄を物語っているように思われ、綾は何だか気になった。

それにしても——。

あの沈着な磯次が逆上したとは。その原因は竜太の狼藉《ろうぜき》でなく、島帰りの男の訪問にあるのではないか。

もっとも船頭は、気が荒いのが相場である。そんな荒くれを束ねる磯次が、恐ろしい男でないわけがない。実際、怒れば皆が束になってかかっても敵《かな》わぬほどなのだから。

男は何を言いに来たのか、そのことが綾の頭を離れなかった。

だがその日の磯次は、特に変わったところも見せず、いつも通り普通に舟を漕《こ》いでいた。

三

「皆の衆、達者にしておるかね」

と汗を拭きながら閻魔堂《えんまどう》が入ってきたのは、それから二日後の昼下がりだった。

あの嵐の日から、渇いて暑い晴天が続いていた。

「おやまあ、先生こそお達者でしたか？　あんまり暑いんで、国元に帰っておしまいかと……」

とお孝が言った。

「いやいや、江戸も暑いがのう、わしの国元はもっと暑い。それに閻魔堂は引っ張りだこなんで、そんな暇はないのだよ」

と言い、ひょいと易者帽を取った。その下にはつるりと禿げ上がった頭があり、閻魔堂はそれを手拭いでゴシゴシ拭いた。

「先生、そのお帽子が、暑いんじゃないですか」

と冷茶を運んで来た綾が言う。

「いや、これは麻《あさ》の上《じょう》モノですぞ。被ってるとむしろ涼しいんだ」

とまた帽子を載せ、茶を美味《うま》そうにゴクゴクと呑んだ。

「それはそうと、綾さん、磯さんは今日はお休みですかな」

「あら!」

綾は目を丸くした。

「ええ、仰《おつしや》る通りですよ。今日は朝からお休みだけど、どうしてそれがお分かりでした?」

すると閻魔堂は、にやにや笑って茶の残りを啜った。

「わしを誰だと思っとる、ちゃんと卦《け》に出たのだよ」

閻魔堂が磯次と親しいのを、綾は知っていた。

宵《よい》のうちは両国界隈《かいわい》の酔客《すいきゃく》相手に占いを続け、五つ（八時）を過ぎて客足が途絶えると店を畳み、よく篠屋に呑みに来る。

帰りは大抵、磯次の漕ぐ猪牙舟《ちょきぶね》で、神田川《かんだがわ》上流の昌平橋《しょうへいばし》まで、世間話をしながら送ってもらうのだ。

そんな磯次が、珍しく〝明日休ませてほしい〟と、帳場に願い出たのである。それが昨日のことだ。下総《しもうさ》の親類縁者に不幸があったということで、おかみのお簾《れん》は、何も言わずに休みを認めた。

だがその姿が視界から消えるや、

「磯さんに何かあったのかねえ」

と呟いた。下総の縁者の話など、頭から信じていないのだ。

「やっぱりそうかい」

と閻魔堂は笑った。それきりその話題には触れず、扇子《せんす》でパタパタと扇《あお》ぎながら、巷《ちまた》の話を面白可笑《おか》しく喋った。

それも四半刻（三十分）ほど。さて、そろそろ出かけるか……と立ち上がり、目で合図したので、綾は閻魔堂を送って外に出た。

篠屋の前庭は、大川から上がって来る風のおかげで涼しかった。

「いや、綾さん、種明かしすればだな」

と閻魔堂は扇子をせわしなく動かして、言った。

「実は今日の昼前、磯さんに似た人物を見かけたんだよ」

「まあ、どこで?」

「浅草《あさくさ》だ…… 雷門《かみなりもん》に近いかのう。おや、こんな時間にここまで客を乗せて来たんかいな、と思ったが……」

「声をかけなかったんですか?」

「この閻魔堂が、そんな無粋《ぶすい》な真似《まね》をすると思うか。お連れさんがそばにいたらどうするね」

「…………」

綾は、眉をしかめて閻魔堂をじっと見た。磯次が下総に法事で行ったなどとは、信じていないが、まさか浅草辺りに女連れで出没するとも思えない。

「あ、べつに見たわけじゃないぞ」

何か言いたげな険《けわ》しい顔の綾を見て、慌てて閻魔堂は手を振って、言い添えた。

「雷門近くで、人混みに紛《まぎ》れて歩いてるのを見ただけさ。磯さんは、でかいからのう。で、何かあったかと、ここへ寄ったわけだがな」

「ええ、関係あるかどうか分かんないけど、実はつい一昨日……」

綾は思い切って言った。

「ちょっと変な人が、磯さんを訪ねて来たんですよ」

とあの男の訪問について話し、ついでに竜太が親方から張り倒されたという話も打ちあけた。

「ほう、あの磯さんが、愛弟子《まなでし》の竜太を、ね」

と閻魔堂はいちいち区切って言い、扇子を閉じて何か考え込む様子である。

「考えてみれば私、磯さんについて何一つ知らないんですよ。どこの生まれで、ご家族はいるのか、どんな過去があったか……」

「ああ、それはわしも同じだが」

綾の言葉に、閻魔堂は大きく頷いた。

「ただ一つ知っておる。磯さんは、駿府《すんぷ》の生まれと聞いたよ」

「駿府、ですか？」

「うむ、本人が言うておった。あの国には、大井川《おおいがわ》という暴れ川が流れておる、自分はその水で育った……とね」

駿府は家康《いえやす》公のお膝元のため、防衛上の理由で大井川には橋が架けられない。渡し舟も禁じられている。

川を渡る旅人は、川越《かわごし》人足と呼ばれる男らに肩車《かたぐるま》されるか、蓮台《れんだい》などに乗って、担《かつ》がれて渡るしか方法はない。

磯次が子供のころ、その川越人足が、両岸の宿場に三百五十人ずつついたそうで、磯次の父親はその人足頭《がしら》だったという。

「今は、もっと増えておるだろう。多くの人足を束ねる頭は、士分待遇だったんじゃないかな。磯さんの親父は、倅《せがれ》を本物の士分にするため、ガキのころから剣術を仕込んだそうだ」

図体もでかく、めっぽう強かった磯次は、地元の不良《わる》仲間の番長だったらしい。

「はて、その後どうしたか、わしが聞いたのはそこまでだ。ただ、今でも磯さんは喧嘩に強い。負けるのは見たことがねえな。まあ、それはともかく……ダチの話か、それも島帰りのねえ」

呟くように言って首を傾げ、扇子を懐《ふところ》にしまい込んだ。

「ま、ちょっと気にかけておこう。ともかく今日は、ここまでだ」

と軽く手を挙げ、両国橋の方へ足早に向かっていく。その姿が消えるまで見送った。

空はあくまで青く、白い夏雲の群れが、東の空を低くゆっくり流れていく。

中に入ろうとすると、篠屋の手代で下っ引の千吉《せんきち》が逆方向から帰って来た。

「ああ、千さん、ちょうど良かった」

思わず綾は言っていた。

「ちょっと話があるんだけど」

四

閻魔堂が浅草にいたという時分、磯次はたしかに雷門近くの雑踏にいたのである。

そばに女はいなかった。

もっともこの午後には、ある女に会うはずだった。

名をお千花《ちか》という。会うのは威五郎なのだが、お千花はその女房になったばかりの女で、今日は亭主のあとについて来るのである。

ただ他人の女でも、このお千花に会うのは目の娯《たの》しみだった。

何しろ、どんな堅ぶつの男でも、そっと触れてみたくなるような白い艶やかな肌をしている。下から光がさすように肌が白く輝き、目尻のやや吊り上がった黒目がちな目を、くっきりと引き立てていた。

このお千花は、威五郎が島送りになっていた五年間、深川《ふかがわ》は富岡八幡宮《とみおかはちまんぐう》の裏手の小路《こうじ》で、小さな小料理屋を守り続け、島への仕送りを欠かさなかったという。

七年と言われていたのが、突然、五年で帰ることになり、威五郎は喜び勇んで娑婆に戻り、真っ先に深川を訪ねた。

驚くお千花に、

「おれはこんな男だが、それでも良けりゃ一緒になってくれ」

と腕の入れ墨を見せ、珍しく殊勝《しゅしょう》な言葉を口にした。

「今さら何だね、お前さん。他のどこにあたしの亭主がいるもんか」

とお千花は鼻で笑って、求婚を受けたのである。

有頂天になって、二番目に訪ねたのが、旧友の磯次というわけだ。

二人は駿府時代の不良仲間である。

威五郎の父も川越人足で、息子が五人いた。四人までは同じ川越しの人足にしたが、末っ子ぐらいは、〝肩で担がれる〟側になってくれと、威五郎の名をつけたという。

威五郎も磯次も、武士になるという夢を抱いて、共に駿府を出た。

だが江戸では、苦境の時には互いに頼れる友であろうと誓って、それぞれの道を歩んだのだ。

この幼馴染みから、思いがけぬ訪問を受けたのは、つい二日前のことである。

竜太を張り倒したあの直後、磯次は威五郎を誘って猪牙舟に乗せ、大川を少しばかり遡《さかのぼ》った。蔵前《くらまえ》を過ぎた辺りのその川べりには、静かな茶店が何軒か並んでいる。

知った顔にはまず会わないから、たまに寄る。その一つに舟を繋《つな》ぎ、簾《すだれ》越しの陽がさす縁台で、茶碗酒を呑んだ。

真っ先に威五郎は、お千花と夫婦になったことを報告した。

ついては一刻も早く、お千花を連れて国元の駿府に帰りたい。お千花も、すぐにも深川の店は引き払うことに賛成したのだという。

「おれは近い将来、駿府で商売を始めてえんだよ」

「ほう、商売とは？」

「子供や町人相手に、剣術の町道場を開きてえな。これからは武士の世じゃねえだろう。だが世の中はしばらく荒れる。剣術は護身術として、一般の町人や女子供に広まると、俺は見てるんだ」

威五郎は、神道無念流《しんとうむねんりゅう》の免許皆伝《めんきょかいでん》の腕前である。

「ふーむ、なるほど。いよいよ五郎も、年貢《ねんぐ》を納めるか」

と磯次は声を上げ、相好《そうごう》を崩した。

「お前ならやれるさ。こんなめでてえ話は滅多にねえ」

「喜んでくれるか」

「これを喜ばねえ奴がいるか」

「ならば磯次、おれが何を言いに来たか、分かるだろう」

「……分かるつもりだがね」

磯次は頷いて酒を一口呑み、慎重に言った。

するとと威五郎は乗り出し、射し込む陽を受けて少し茶色がかって見える瞳で、磯次を強く見た。

「あれから五年経つ。アレは大丈夫か?」

「ああ、時々点検はしてるさ。先月見た限りじゃ大丈夫だった」

二人の男は、黙って互いを探るように見つめ合った。

「よし。言うまでもねえが、山分けでいこう」

威五郎が、茶碗をいかつい両手で抱えて言う。

「分かった」

「すぐにも取りかかれるか？」

「おれはいつでもいいぞ」

「ならば、明後日の午後はどうだ？」

「……いいだろう」

少し間を置いて、磯次が受けあった。

「ただし、来るのはお前一人か」

「いや、お千花が一緒だよ。実はな、磯次、その足でそのまま江戸を出ようと思ってるんだ。おれが島から帰ったと、皆に知られねえうちにな。誰にも見つからねえで、金だけ持って、黙って居なくなっちまうのが一番だと」

「なるほど、そうか……。良かろう」

磯次は腕を組んで淡々と言い、待ち合わせの場所を説明した。

「ただ、一つだけ断っておくぞ。おれは舟で行くが、帰りは別々だ。舟が小せえから、お宝の他に大人三人乗るのは、考えもんだ。明後日はまだ風が残りそうだしな」

「ああ、別々は望むところだ。もしも何かあったら、すべてがおじゃんだ。どちらかだけでも生き残ろうぜ」

〝何かあっても互いに見殺し〟という暗黙の申し合わせである。そんな短いやりとりで、ことは決まったのだ。

待ち合わせの場所と時間を確認し、二人は茶碗酒一杯で別れた。

磯次は、浅草で閻魔堂に見られたことは知らない。

その足で、表門近くの賑やかな通りで二、三の買い物をし、懇意にしている花川戸《はなかわど》の釣り宿に向かったのである。

そこで昼飯を済ませ少し休んでから、借りた釣り舟に鋤《すき》と釣道具を放り込んで、大川を上流に向かって漕ぎ出した。

時々突風が吹き、菅笠《すげがさ》と首に巻いた手拭いが危うく飛びそうになった。

二人に会う場所は、浅草からはかなり上流に遡る。大名や豪商の寮（別荘）が点在する橋場《はしば》よりも、さらに上である。

橋場を過ぎると千住大橋《せんじゆおおはし》の辺りまで、岸辺は、昼でもあまり人の姿の見えない寂しい湿地帯が続く。

磯次はその辺りの小さな入江に入って、生い茂る葦《あし》の間をゆっくり舟を進めて行く。

ほどなく釣り人用の足場を見つけて舟を止め、釣糸を垂らす。

ここら辺りでは、釣人の姿がちらほら見えている。そこに身を置いていると、怪しまれずに時間を過ごすことが出来るのだ。目的の船着場はここからほど近い。

すでに陽が西に傾き始め、小さな入江は影に覆われ、蟬《せみ》の声に満ちていた。涼しい風が吹き渡るたび、水面がさざ波立った。

竿先の魚信《あたり》に気を集中させていると、そういえばあの日もこんなだった……と磯次の脳裏にありありと甦《よみがえ》る情景がある。

そう、あれは五年前の夏の初めことだ。あの日も、この入江にはジイジイ……と蟬の声が満ちていて、夜になっても止まなかった。

あの日も磯次は、同じ釣り宿で腹ごしらえをし、仮眠を取ってから、釣り人姿で夕暮れの川に漕ぎ出したのだ。そしてこの辺りでしばらく夜釣りをしてから、現場に臨んだ。

五

あの時も、突然だった。何年ぶりかで威五郎から連絡があり、すぐ来いと呼び出されたのである。

新橋《しんばし》の静かな酒亭の座敷で会い、酒を酌み交わしたのだが、久しぶりに会う威五郎はきちんとした侍姿で、腰に大小を帯びていた。

挨拶もそこそこに、威五郎が口にした用向きとは――。

数日後の夜、船で荷を運んで欲しいというのである。荷の内容は言えないが、橋場辺りの河岸から、佃島《つくだじま》南端の船着場まで運ぶだけのこと、難しいことは何もない。嵐さえ来なければ手間はかからず、運んだその先で、二十両の謝礼を即金で渡すという。

「夜中だが、安全な距離をちょいと漕ぎ下《くだ》るだけだ。な、不服はねえだろう？」

「ふーん、そうとも言えんな」

磯次がにやにやして言うと、威五郎が酒を注《つ》いだ。

「いや、あんたに害は及ばんよ。荷を頼まれて運ぶだけだ」

「しかし、どこから、何を運ぶかね」

「そんなことまで考えるこたァねえんだ。出発する船着場は、今戸《いまど》の大黒屋《だいこくや》の寮の後ろだ。その大黒屋についちゃ、おれより詳しいから、言わずもがなだろう？」

「ああ……」

篠屋の船頭になる以前、磯次は、大黒屋の用心棒をしていたことがある。そのころ、ある話を、威五郎に伝えた覚えがあった。

上州《じょうしゅう》出身の糸問屋・大黒屋の話だ。

大黒屋は、早々と開港した横濱《よこはま》に目をつけ、店を開いて海外貿易に乗り出した。生《き》糸《いと》の大量輸出国は清《しん》国とアメリカだが、どちらも国の内紛で振るわなくなった時を逃さず、上州の生糸を大量に輸出して、ボロ儲けしたのである。

たちまち幕府の御用商人の特権を得て、武器の売買や銀相場などにも手を広げ、巨万の富を築いた……といった話だったと思う。

それを威五郎はしっかり耳に留めていたのだ。

「先だってある男が、ある計画《はなし》を持ちかけてきた。大黒屋は、今戸の寮に莫大《ばくだい》な財産を秘蔵しているから、それを狙おうとな」

「たしかにあそこには、腕っ節の強い用心棒が十人以上おる」

「うむ、その時おれは、あんたの話を思い出した。大黒屋の莫大な金は、悪徳商人が世の中から掠《かす》め盗った、強奪金のようなものだ。その一部をおれらが頂くのは、そう悪いことではなかろうと」

「しかし、屈強な用心棒どもをどうするか」

「それは承知の上だ。何せ、持ちかけて来た男ってェのが、そこの用心棒だからさ。飛馬吉《ひまきち》てえ男だ」

「おれと、その男。それに手下が一人加わる」

この屋敷を牛耳《ぎゅうじ》っているのは、以前は大黒屋の番頭をつとめていた、与兵衛《よへえ》という老人だった。今は主人が寮で過ごす時のお側掛《そばがかり》で、金庫番でもある。

飛馬吉は、その老金庫番の、数年来の用心棒だという。

「この話は、そいつが考えた。十日先のある夜、祝い事があり、芸妓《げいしゃ》を呼んで皆でドンチャン騒ぎをする。だが大抵、与兵衛は酔い潰れるから、飛馬吉はその時に鍵を盗んで、金庫を開ける。こいつは真面目《まじめ》な男だが、用心棒稼業にすっかり嫌気がさし、一攫千金《いっかくせんきん》を思いついたんだ」

運び出すのは、千両箱二つ。欲をかいてそれ以上持ち出しても、重くて運びきれぬ。

小人数で確実にこなすことが肝要だと。

二艘の船に一つずつ積み、舟を漕ぐのは、磯次と威五郎だ。手下と飛馬吉は何食わぬ顔で屋敷に戻る。

「千両箱の紛失は、金庫が翌日に開けられるまでバレねえ。だから飛馬吉は宴会が終わってから、怪しまれずに逃げられる……」

「ふむ、何人でやる？」

「ふふん、そううまくいくかね」

磯次は、用心棒稼業の辛さは誰より身に沁《し》みている。その磯次が首を傾《かし》げたのだ。

「千両箱は重いぞ。それと、番犬がいる」

「ところがさ」

と威五郎は自信満々だった。

「昔と違って、今のご時世じゃ、千両箱は軽いそうだぜ。あいにくおれは持ったことがねえがな。飛馬吉によりゃ、十歳くらいのガキの重さだそうだ」

「ははは、十は十でも、太った子どもだな」

「それとな、そいつは、金庫のある部屋から川側の客間まで、床下を這って行ける道を、半年かけて開発したというんだ。二人で地べたを引きずって行きゃ、すぐには犬に勘づかれまい。犬が騒ぎだす時分は、舟の上って寸法だ。どうだすげえだろう」

「うーん」

磯次は唸って、相手の顔をまじまじと見つめた。

「ところで五郎、お前は今、何をしてる。用心棒か？」

「ああ、大店《おおだな》の用心棒だ。まあ、何とか食ってるさ」

「事《こと》をはっきりさせよう。その用心棒の飛馬吉ってのは、もしかしてお前じゃねえのかい」

「ややっ」

と威五郎は頭をかいて、初めて笑みを浮かべた。

「どうして分かった？」

「いや、床下を這うなんぞ、お前がやりそうだと……」

威五郎は、飛馬吉の名で、磯次の昔の奉公先に入り込んで、二年めになるのだという。初めから一攫千金するつもりで、その家の用心棒となったのだと。その目標のため真面目に働いたから、今は与兵衛の絶大な信頼を得ていた。

そう持ちかけられたその話を、磯次は引き受けたのである。

相棒が威五郎であれば、裏切りや密告はないし、何よりこの困難な時代に大黒屋の一人勝ちは眼に余る……。


その大黒屋裏の水辺に、蘆《あし》に隠れて舟ごと潜んでいたのだが、パーンという音で頭を上げた。今のは短銃の音か？

それは、屋敷の方から聞こえてきた。見つかったのかと、やきもきして暗い丘の方を窺った。舟は二艘、二人が飛び乗れば、すぐに漕ぎ出せるように繋いである。

バタバタと誰かが坂を駆け降りて来た。

半欠けの月が昇っていて、威五郎の姿がはっきり見えた。脇に大きな荷物を重そうに抱え、息せき切っていた。

続いて小柄な男がもう一人。小助《こすけ》という、威五郎の手下だ。

ワンワンワン……と、複数の犬の吠える声が遠くに聞こえ始めた。

威五郎は船着場に駆け寄ると、抱《かか》えて来た荷を磯次に渡し、一方の空舟《からぶね》に飛び乗った。

そこに立って小助の抱えて来た荷を受け取って、舟に同乗させる段取りだった。だが小助が荷を渡した時、追手の一人が意外と近くまで追って来ていて、叫んだのだ。

「止まれ、止まらんと撃つぞ！」

小助は追手に背を向けて、威五郎の舟に乗ろうとした。

銃撃音が炸裂し、舟べりに手をかけていた小助は、ワッと叫んで頽《くずお》れた。その時、脇から、そこに立っている追っ手に、磯次が襲いかかった。

いったん乗った舟から飛び降り、男に組みついて短銃を奪ったのだ。

その隙に威五郎は、小助を舟に引き上げたが、すでに即死状態だった。

「おい、早く乗れ！」

威五郎が声をかけてくる。

「よし、お前、俺と舟を代われ」

と磯次は小声で叫ぶ。

奪った拳銃で男の頭を殴り、倒れるのを目にして、窮余《きゆうよ》の一策が閃《ひらめ》いたのだ。よく呑み込めないまま威五郎が飛び降り、磯次が死体のある舟に乗り込んだ。

「二手に分かれるぞ。おれは上る、五郎は下れ。何とか川の真ん中の瀬まで出るんだ。瀬は流れが速いから誰も追いつけん」

月が雲に隠れ、坂を下ってくる新手《あらて》の姿が、黒い影になって見えた。

磯次はすでに漕ぎだし、威五郎がそれを追って来る。

小さな入江の出口の辺りには、松明《たいまつ》の火が揺らめくのが見えている。さっきの銃音で、異変が知られたらしい。

赤々と火を揺らめかせた舟は、四、五艘にも見える。出口で鉄砲でも向けられたら、船脚《ふなあし》の遅い上流へは、とても逃げられまい。

「五郎、おれはこの先で陸《おか》に上がる」

とっさに言った。

「えっ、舟を捨てるのか、お宝はどうする」

「何とか持ち出すが、保証はできん。お前だけでも突破しろ」

磯次の脳裡には、この辺りの地図がくっきり浮かんでいる。事前に念入りに現地を下見《したみ》したおかげだった。

夜陰《やいん》に紛《まぎ》れて岸に着け、千両箱を下ろすのだ。海を通って行くから、そこまで犬は来られまい。

舟に、もう生きてはいない小助の遺骸を横たえ、拳銃をそばに転がしておく。自分は降りて舟は流してしまう。

威五郎と小助の他に、磯次がいるのを見たのはあの拳銃男だけである。とっさに横から飛び掛かって、頭を殴ったから、はっきりと磯次の存在は、覚えていない可能性が強い。

入り江の入口で舟が捕獲され、小助の死体が発見されれば、連中は下手人《げしゅにん》の一人の死を確認し、残るのは威五郎だけと思うだろう。思ってくれ！

これで時間を稼ぎ、自分は千両箱を抱えて防風林へ逃げ込んで、どこかに埋めるのだ。

それを口にする余裕はなかったが、威五郎は磯次が逃げおおせることを予感したのだろう。

「よし、また会おう！」

と思い切りよく叫んだ。

「生き残ったら、連絡先はお千花だ」

威五郎の声を、軋む互いの櫓《ろ》の音が消し、二艘の船は離れて行った。複数の犬の吼《ほ》え声が近づいていた。

六

それから五年後の今——。

その同じ辺りに磯次は舟を進めている。陽はすでに傾きかけて、水面は昼間の華やぎを潜め、時折の風にさざ波立っている。

磯次があの時、お宝を隠し逃げられたのは、天恵《てんけい》だったろう。威五郎は岬の辺りで捕まり、千両箱は押収《おうしゅう》された。

大黒屋は、奪われたのは千両箱二つと訴えており、もう一つの千両箱の行方と共犯者について、威五郎は厳しい拷問を受けた。

だが威五郎は、首謀者は自分で、共犯者は小助だけ、奪ったのは千両箱一つ、と言い張って突っぱねた。

拳銃男は、磯次の存在には不確かな印象しか抱いていない。犬が放たれていたから、誰かが陸上を逃げおおせるのは困難と思われた。

また威五郎の逃走経路は、屋敷から裏の船着場までであり、千両箱を隠すような場所は、どこにもない。水中投棄も疑われ、湿地帯の泥さらいも行われたが、無駄に終わった。

そのうち大黒屋は、金庫番の数え違いで、奪われたのは一箱だったと申し出たのである。戻って来るものでなし、捜査を長引かせて、金庫の中身にあらぬ疑いを生じさせては困る、と考えたらしい。

結局、強盗は失敗し、威五郎自身は誰も殺《あや》めなかったので、お裁きは島送りとなった。

遠目のきく磯次は、突風に揺れる舟の上から、すでに威五郎とお千花の姿を、岸辺に見つけていた。

船着場からやや上流の傾斜地に埋もれた、古びた地蔵堂の石段に、二人は腰を下ろしている。それは土手に続く傾斜地で、丈高い草むらが覆い、その背後に灌木《かんぼく》の林が這うように広がっていた。

地蔵堂は、その傾斜地を少し切り開いて建てられ、中には数体の地蔵様が祀《まつ》られていた。

たぶん昔、その数の水死人がこの岸に流れ着いたのだろう。

磯次が舟を繋《つな》ぎ、鋤《すき》を片手に歩み寄るのを見て、お千花が先に立って駆け寄ってきた。

「お疲れ様です。今日はお世話になりますけど、よろしく頼みます」

と丁寧に挨拶し、頭を下げる。

なるほど旅に出るらしく、手甲脚絆《てっこうきゃはん》の旅支度をしている。磯次も頭を下げたが、その軽やかなほっそりした姿から、そっと目を逸《そ》らした。

「磯次、此処《ここ》を見つけるのに苦労したぞ」

立ち上がって来た威五郎は、その濃い顔に活力を漲《みなぎ》らせていた。

編笠の下に手拭いを垂らして顔を半ば隠し、洗いざらした小袖をじんじん端折《ばしょ》りにし、博多《はかた》の帯、手甲脚絆、紺足袋《たび》に草鞋《わらじ》。

こちらも旅装で固めていて、振り分けの荷は、石段に置いてある。

「深川から屋根船で来たが、えらく揺れたぜ。気分が悪いや」

「いいえ、気分が悪くなったのは、舟のせいばかりじゃないんです。突然こんなことになって、もう、二人とも大慌てで……」

と眩しげに目を細めてお千花は笑った。顔が青ざめて見えるのは、船酔いのせいだろう。

磯次は頷いて、まずは石段を昇った。川で生きる者として、川で命を落とした者の墓には、必ず手を合わせるのだ。

こんな辺鄙《へんぴ》な所に誰が立ち寄るのか、地蔵堂の粗末な竹の花入《はないれ》には、夏草が枯れたまま手向《たむ》けられている。

「この目印の地蔵堂がなけりゃ、絶対来れねえ場所だぜ」

と威五郎は、なおも呟いた。

「だがお前は来た。欲さえありゃどこでも来るさ。ははは……」

磯次は笑う。だが威五郎は不安を隠さずに辺りを動き回った。

「……ったく嫌な風だ。晴れてるのに吹きやがって。さあ、日が暮れる前に、片づけちまおうぜ」

「よし」

磯次は石段を降りて、放り出しておいた鋤を手にした。

「なに、焦ることはない。すぐそこだよ」

言って石段の脇の、鬱蒼と夏草が茂る崖を、這うように上がって行く。威五郎がそのあとを、鋤と鉈《なた》を手にして追った。

地蔵堂のある辺りで崖は終わり、そこからまた灌木の茂る傾斜地が始まっている。その空き地に立つと、磯次は汗を拭いて言った。

「この地蔵堂の脇だ……それ、ここから掘るんだ」

磯次はしゃがんで、地蔵堂を囲んで生い茂る草むらの一角に鋤を入れた。掘り始めると、夏草のちぎれる生々しい匂いと、新しい土の匂いがムッと鼻を覆う。

そこには背後の灌木の根が伸びて来ていて、なかなか土を掘り進むことが出来ない。威五郎が加わって、手にした鉈で、長い堅固な根を切って行く。しばらくは互いに黙々と掘った。

だが、鋤に当たるのは土と石ころと木の根ばかりだ。

「おい、磯次よ、本当にここなんだろうな。別の地蔵堂と間違えてるなんてことは……」

「この辺りじゃ、地蔵堂はここだけだ」

「しかしえらく深く掘ったもんだな、相当深いぜ。あんたのやるこたァ、昔から念が入《い》ってたが……」

ぼやきながらも、また懸命に鉈を振り上げる。そのそばから磯次が土をかき出した。いつの間にかお千花も上がって来ていて、手にした十能《じゆうのう》で、かき出した土をせっせと横に放っている。

「それにしても、そろそろ掘り当てても良さそうじゃねえか。磯次、本当にここにあるのかよ」

「あるはずだ」

「はず、だと？　それじゃ困る、おい。場所を間違えたなんてこたァ、ねえのかよ」

「誰に言ってる」

「いやさ、お宝は出ねえってのに、えらく落ち着いてるからよ」

「五年も埋まってたんだ、その間、地震もあったし、大水もあった。位置が動いたとは思わんのか」

磯次は相変わらず鋤を動かしながら、動じた様子も見せない。

「いや、冗談だよ冗談。まあ、ちょっと休もうや」

言った時、突然そばからお千花が、鋭く口を出した。

「休んでる場合じゃないでしょ、お前さん。こんな所で日が暮れちゃ大変です。あんたからちょいと、この旦那に訊いてくださいな。もしお宝がなかったら、こんな所にあたしたちを誘い出してどうするおつもりかって……」

ギョッとしたように威五郎は顔を上げ、お千花の顔を見た。

「お前、急に何を言いだすんだ。何度も言ったじゃねえか。磯次はそんな男じゃねえって」

「ええ、分かってますって。あたしだって、まさかこの旦那がとうに掘り出して、持ち去ったとは考えちゃいませんよ。でももしお宝がなければ、そう考えないと辻褄《つじつま》が合わないでしょうが……」

丁寧な口調だが、その冷ややかさに、空気が一変した。

「女が口を出すな」

威五郎が怒鳴った。

「これは磯次とおれの問題だ、おめえの出る幕じゃねえ」

「よく分かってますって。ただお前様は、こちらの旦那にはとんでもなく弱いから……」

「うるせえ、黙って掘れ！」

威五郎は不機嫌そうに菅笠を脱《ぬ》いで、手拭いで顔の汗を拭き、頬被《ほおかぶ》りするとまた菅笠を被って、勢いよく掘り始めた。

掘り立ての土の生々しい匂いが、さらに辺りに広がった。

だがやがて鋤はカチッという音を立てて、大きな岩にぶつかった。もうこの下までは掘り進めない。

威五郎はしゃがんだまま太い眉を上げ、鋭い視線で、やはり横にしゃがんでいる磯次を射抜いた。

「磯次よ、今の音を聞いたか？　ついに底まで掘っちまったようだぜ。このお堂は、どうやら大きな岩盤の上に立ってるようだ。もう先へは進めねえぞ。お宝が出て来ねえのはどういうわけだ？」

「…………」

「疑うわけじゃねえが、説明してもらおうか」

七

「…………」

「何だよ、磯次、なんで黙ってる。一体何があったんだ。まさかおれを騙《だま》すなんて気じゃ……」

川からまた突風が吹き上げて、掘られて山になった土を散らした。

威五郎はペッと唾を吐いて、頬被りの手拭いを締め直し、立ち上がった。

「いやさ、五郎、確かにおれはお前を騙したさ、すまねえ」

ずっと沈黙していた磯次が、やっと口を開いた。

「しかし、聞け、これには理由《わけ》がある」

「何ィ、わけがあるだと？　今さら聞く耳持たねえぜ」

カッとなったように、磯次に向かって声を荒げた。

「そんなことがありゃア、なぜもっと早く言わなかった？　一昨日《おととい》会った時、もっとゆっくり喋れたはずだぜ。てめえ、おれを嵌《は》めて、ここらに埋めようとでも……」

「いや、落ち着け。言えなかった事情がある」

「何でえ、どういう意味だ。今さら言い訳は聞かねえぞ」

と、威五郎は、まだしゃがんだままの磯次を睨《にら》みつけ、手にしていた鋤を蹴飛ばした。

「つべこべ言わずに、ズバリ言ってもらいてえ。お宝はどこにある？」

「お前、変わらねえな」

磯次はやっと泥を払いながら立ち上がった。目を細め、遠い物を見る目つきで、じろっと友を見た。

この友は、威五郎というご大層《たいそう》な名前を親から授かっているが、昔から猪突猛進《ちょとつもうしん》の気があったのだ。

「言わなかったのは謝る、だが言えなかった。一昨日なら、お前は聞く耳持たなかった。聞きたくもねえだろうと思ってな。しかし、今は腹を割って言うから、いいか、お前も腹を括《くく》って聞くんだ」

「あんた、騙されないでちょうだい！」

突然、お千花が叫んで割り込んできた。

「この旦那は、口が上手《うま》いんですよ。今はつべこべ言ってると、日が暮れちまう。お宝の場所を聞き出すのが先決じゃないの？」

「おめえは黙ってろ」

威五郎はお千花を制し、磯次に鋭い目を向けた。

「どう落とし前つけるか知らねえが、まず言い分を聞こうじゃねえか」

するとお千花が、急に目を吊り上げて食らいついてきた。

「見ちゃアいられないよ！」

急に伝法《でんぽう》な物言いを剝《む》き出しに、言い放った。

「喧嘩ってものはね、相手の言い分なんか聞いちゃお終《しま》いなのさ。ご覧よ、この穴！　この旦那の一人占めは、一目瞭然《いちもくりょうぜん》じゃないか。なのに言い分聞こうだなんて、泥棒に追い銭渡すようなもんだよ」

威五郎は呆気に取られたように黙っている。

「旦那があたしらを呼んだのはね、あれこれ脅して、因果を含ますために決まってるよ」

「うむ……」

威五郎は盛り上がった土を蹴り、また唾を吐いた。

「お千花の言う通りだ。ここまで呼び出されて、穴の中が空っぽじゃ、ざまはねえや。しかし、相手は磯次だ、聞こうじゃねえか……」

威五郎は薄い口元に薄笑いを浮かべ、磯次を見返した。

「さあ、言ってくれ、ダチを騙さにゃならん事情たァ何なんだ？」

「よく言ってくれた」

磯次が思い決したように頷いた。

「本人を目の前にして何だがな。実はお千花さんを信用出来ん」

「な、何だって？　お千花がどうしたと？」

威五郎の濃い眉の辺りに、みるみる黒雲が漂った。ギョロリとした目でお千花を一瞥《いちべつ》し、刺すように磯次を見返して刀の鯉口《こいぐち》を切った。

「そいつは面白れえ。いい加減なことを抜かすと容赦《ようしゃ》しねえ」

「よし。まずは話を聞け。お前の留守中の話だがな、お千花さんに呼び出されたことがある。用件は、お前からの言伝《ことづ》てを、島帰りの男から聞いたので、それを伝えたいと……」

言伝ての内容は〝例の物は大丈夫か、そろそろ安全な場所に移してはどうか〟というものだった。

「むろんおれは、このまま大丈夫だ、と断ったがな」

「ん？　もっともな話じゃねえか、なぜ断った？」

「五郎らしくねえからだ。お前はそんな言伝てを、島帰りの男に託すほど迂闊《うかつ》じゃねえだろうと」

磯次は言って、お千花を見ずに、空を仰いだ。

実際は、少し違っていたのだ。呼び出されたその夜、お千花は美しく酔って見せ、淫《みだ》らとも思える媚態《びたい》を見せたのである。

磯次が自分を憎からず思っているのを承知の上で、誘いの罠《わな》を仕掛けた……と思えたのは、磯次の気のせいか。

その夜、目が眩《くら》むままお千花に取り込まれていたら、威五郎とは血を見るはめになったはず。だが危うく難を逃がれたのだ。

お千花からは相当憎まれたが、それで良かった。以来、お千花をただならぬ恐ろしい女と感じ、二度と近づかなかったのだ。

その女を女房にすると聞いた時、実は心震えた。この女の危険さについて、威五郎は何も知らないのかと。

深川をこんなに早く引き払うのは、もしかしてお千花の周囲に違和感を感じたからでは？……とも推測したのである。

だが威五郎は一旦《いったん》思い込んだら、他人が何を言っても、聞く耳を持たない男である。

逆に、こちらの下心《したごころ》を邪推《じゃすい》されかねない。

考えたあげく、この現場まで二人を導き、自分という証人を間にして、互いの心を赤裸々《せきらら》にした方がいいと考えたのだった。

「何でえ、言い訳に事欠きやがって！」

と案の定、威五郎は叫んだ。

「おれは確かに、お千花にそんな言伝てを頼んだぜ。それに言い掛かりつける気かい」

「ほう……おれの勘違いか」

「知ったような口をきくな」

威五郎の眉が吊り上がり、目が濡れて底光りした。

「さあ、時間がねえ。お宝をどこに隠したか言ってもらおう。場合によっちゃ、篠屋に乗り込んで、旦那に訴えてもいいんだぜ。篠屋の看板船頭が、裏でどんなことをしてるか……」

磯次は何も言わずに、威五郎をじっとを見つめた。

血走った目を見開いて、威五郎も磯次を睨み返す。

その時、磯次の奇妙な目の動きに気づいて、ハッと振り返った。

背後の草むらを、男らが近づいてくるではないか。前に三人いた。三人とも無頼《ぶらい》めいた屈強な風体《ふうてい》で、刀を差し、手に凶器を下げている。その後ろに三、四人ほど続いてくる。

威五郎は慌てて手拭いで頬被りしながら、少し離れた所に立つお千花を睨み据えた。

「これは何だ、お前が呼んだのか?」

「そうよ、助《すけ》っ人《と》を頼んだんだ。あんた一人じゃ、この旦那を生け捕りにするのは難《なん》儀《ぎ》でしょ。この旦那はめっぽう強いんだから」

お千花は吊り上がり気味の目に、嘲《あざけ》るような笑みを浮かべた。

「でも事情は話してない。大丈夫、あんたは横で見てたらいい」

「………」

「さあ、皆の衆、やっておくれ！」

八

磯次は飛び退《の》いた。

前の男が岡っ引よろしく、手にしていた縄を振り回し、素早く磯次に仕掛けてきたのである。

その場を外れるのと同時に、磯次は絡みついてきた輪を大きな両手で摑み、とっさにグイと吊り上げる。男は手を放したが、二人めがさらに二本めを投げてきた。

それを磯次は、かろうじて足元から取り上げた鋤に絡ませて、受けた。力まかせに引きずって男を引き寄せようとしたが、男は手を離し、その勢いで土手を転がり落ちて行く。

「そこを動くな！」

と怒鳴る声がして、磯次は振り向いた。

背後に黒い眼帯をした片目の大男が立ち、手にした拳銃の銃口を、磯次の胸に向けている。

磯次は眩しげに目を細め、その小型の銃を見た。いまS＆W《スミスウエッソン》三十二口径《こうけい》が流行《はや》っていると聞いているが、それだろう。……であれば、六発入りだから、抵抗すれば撃たれよう。

三人めが駆け寄って来る。磯次は、両手を後ろ手に締め上げられ、縄をかけられるのに任せた。

片目の男は油断なく銃を向けたまま、辺りを見回した。

「姐さん、吊るすのはどの木にするかね」

その時だった。それまで茫然《ぼうぜん》と見ていた威五郎が、刀を抜いて飛び出して来て、この男を突き飛ばしたのである。

男は軽くよろめいて、拳銃を取り落とした。すると、それをすかさずお千花が拾いあげて、威五郎に向けた。

「邪魔はしないでおくれ。あんたのためだよ」

「お前、何をしてるか分かってんのか」

お千花の手に光る銃を見て、威五郎は仁王立《におうだ》ちになった。

「撃てるなら撃て！」

「こんなこともあろうと思って、助っ人を頼んだんじゃないか。あんたのためだよ。さあ、皆でこの旦那を吊るすんだ。殺しゃしない。ちょいと痛めつけてもらったら、お引き取り願うから」

「………」

威五郎は目を吊り上げ、ブルブル震える手で懐を探っていたが、やおら巾着《きんちゃく》を摑んで取り出した。

「皆の衆、よく聞け！　おれは島帰りの飛馬吉だ！」

と大声で叫んで、無造作《むぞうさ》につかみ出した小判と二朱銀《にしゅぎん》を取り混ぜて何十個か、思い切りよくばら撒いたのである。

チャリンチャリンと響かせてて、それらは草むらに転がった。

「皆、これを持って失《う》せてくれ。これはおれ様の命の路銀だ、だがもう用はねえ。それともこの正宗《まさむね》に斬られてえか」

と刀を振り上げる。

男たちは呆れたように、固唾《かたず》を呑んで見ていたが、後ろの三人が無言で草むらから金を拾い集め、あとも見ずに走り去って行く。

だが眼帯の男と、あと二人が踏み止《とど》まり、刀を構えて向かってくる。威五郎は、刀を正眼に構えながら言った。

「あんた、水戸《みと》の甲野《こうの》……甲野金治郎《きんじろう》殿じゃねえか？」

ハッと相手は立ち竦んだ。

「おれだよ、威五郎だ……」

と頬被りの手拭いを取った。

「眼帯のせいで、すぐには分からんかった。その目はどうした？　水戸の尊攘志士《せんせい》と、妙な所で出会ったもんだな」

すると甲野と呼ばれた男は、何も言わずに左肘《ひじ》を張り、右腕を高めにとった八双《はっそう》の構えで、いきなり斬りかかってきた。

威五郎はそれを鋭い金属音を立てて受け止め、突き放す。

呆然としていた残りの二人が、一斉に斬りかかってきた。だが何ぶんにも崖の中段の狭い空き地だ。こちらを囲むことはできない。

甲野は突き刺すように正面に構えて突っ込んできたが、威五郎が袈裟懸《けさが》けに刀を振り下ろすと、避けた勢いで崖を転がり落ちた。

肩に傷を負ったか、蹲《うずくま》って大きな息を吐き、動けないでいる。

あとの二人はそのまま一刀も交えずに逃げ去った。

その刀を手にしたまま、威五郎はお千花に立ち向かった。

「お千花、裏切ったな。おれが言伝てを託したと？　本当を言ゃァ、そんな覚えは一度もねえぜ。誰に唆《そそのか》された、今の連中は誰の手下だ？」

「五郎、危ねえ！」

磯次は手足を縛られたまま転がって、思い切り威五郎に体当たりした。

その瞬間、振り下ろした刀は空を切ったが、同時に銃の音がした。お千花がやおら短銃を威五郎に向け、引金を弾いたのだ。

威五郎は叫び声をあげ、跳ね上がるように草むらに投げ出された。

布の焦げる匂いがした。磯次がそばに転がって確かめると、お千花の撃った弾が、左腕の肘の辺りを掠《かす》めたようだ。

「五郎、早くこの縄を切れ！」

痛え、痛え……と身を揉《も》んで呻《うめ》いていた威五郎は、半身を起こして刀で縄を切るや、どさりと倒れた。

「大丈夫だ、弾は抜けてる」

磯次は傷口を調べ、威五郎の首から手拭いを奪って、腕の付け根を固く縛る。磯次自身も、すり傷だらけだった。

その時、何かの気配を感じて、ハッと頭を上げた。

はるか上の土手に女が立って、こちらを見下ろしている。

下から仰ぎみる景色は、青い空と、鬱蒼と茂る灌木の緑に区切られている。その境界に立つ女が、やおら銃口を磯次に向けた。

思わず伏せた。ダーンと銃の音がして空気がひび割れたが、弾はそれた。お千花は銃を放り投げ、空気をかき分けるように逃げていく。

今にも空に吸い込まれそうなその儚《はかな》い姿を、磯次はこの世の果ての景色を見るように見送った。

草いきれともつかぬ、青々しい夏草の匂いが、鼻を覆った。

威五郎を背負って土手下に降りると、苦しげにゼイゼイと息を吐く甲野を、先に転がり落ちていた男が、引きずっていた。顔は土手の草でこすって、緑黒色の泥にまみ

れている
「おい、痛えだろう。手当てしてやるからそこにおれ」

と声をかけたが、男は足を引きずってよろめき去った。

痛え痛え……と苦しがる威五郎を、磯次が船着場まで運んだ時、一艘の小舟が急いで漕ぎ寄ってきた。

「銃の音がしたけど、大丈夫ですかァ」

その声は、下っ引の千吉である。

「おう、何だよ、今ごろ。どうしてここが分かった?」

「綾さんに頼まれたんすよ。親方の様子が変だから探してくれって」

「綾さんか……」

今までいかつく強張《こわば》っていた頬から、ふっと空気が抜ける。

こんな無法者を、心配してくれる者がいるのだと。夏草の清々《すがすが》しい匂いが、鼻先をよぎった。

綾の頼みで閻魔堂を訪ねた経緯《いきさつ》を、千吉はかいつまんで語る。

千吉に迫られた閻魔堂は、しばらく考えてから、

「花川戸の『友吉《ともきち》』って釣り宿に行ってみろ、磯さんの行きつけだ」

と教えてくれた。互いに釣り好きなので、よく知っていたのだ。

その宿を訪ねると、おかみが言った。

「磯さんねえ、この上流から荒川《あらかわ》に入る辺りの地図を見てたけど」

そこで千吉も釣り舟を借り、探しつつ漕ぎ上がってきたところ、銃声が聞こえた
……。

「ところで千吉」

と磯次はさらに、この近場に蘭方医《らんぽうい》がいないか問いただした。銃創は漢方医《かんぽうい》では治せない、と綾から聞いていたのだ。

千吉は桂川《かつらがわ》一門の医師が、浅草にいるのを思い出し、一足先に呼びに行くことになった。合流するのは『友吉』である。

千吉の舟が去って行き、磯次は淡い夕闇の中を、横波くらって揺れぬよう、岸辺近くを静かに下って行く。

白粉花が土手に、群れ咲いているのが見える。

「磯次……」

船底に横たわった威五郎が、苦しげな声で呼んだ。

「すまねえ」

放心したように空を眺める目から、涙が一筋流れるのを、磯次は見て見ぬ振りをした。

「そんなこたァ明日だ、今は喋るな、傷に響く」

「すまねえ」

威五郎は繰り返し謝り、それきり黙り込んだ。

無言で漕ぎ進めながら磯次は、腹の底から、フッと笑いが込み上げるのを感じた。

竜太を張り倒したことを、脈絡《みゃくらく》もなく思い出したのだ。

だがあの時は、仕方がなかった。島帰りのダチを、誰もいない自宅にこっそり招き入れたら、そこに竜太がいたのだ。

〝お宝〟はあの縁の下に、麻袋に入れて転がしてある。確か、竜太が寝ていた背中の下辺りだろう。

それを早く威五郎に伝え、箱ごと持たしてやろうと思う。

だがそんなことは明日でいい。今は……。

そうだ今は、たまらなく強い酒を一杯呑みたかった。

第二話　赤羽織の怪人

一

「親方いるかい、ちっと邪魔するぜ」

戸口でそんな声がするや、返事も聞かずに男がヌッと、取り散らかった工房に現れた。

ここは風が通って涼しいが、外は暑いのだろう。

男はしきりに汗を拭き、胸元を広げながら入って来た。名も名乗らないが、この辺りで幅を利かしている岡っ引の勝次《かつじ》だった。

歳は四十前後で、目つきの鋭い陰気な顔立ちの男だ。やり手として聞こえ、〝まむし〟の異名《いみよう》で通っている。

「仕事中悪いがな、なに、手間はとらせねえ……」

言うや、やおら懐《ふところ》に手を突っ込んで、白い布に包まれた細長い物を取り出した。

「ちょいとこれを見てもらいてえんだ」

勝次は、慎重な手つきでゆっくり包みを開く。そこに現れたものが目に入った瞬間、親方と呼ばれた工房の主人は、息を呑み込んだ。

一本の簪《かんざし》、それも巧妙な細工《さいく》が施《ほどこ》された上物《じょうもの》だった。

「………」

主人の長い色白な顔はさらに白くなったが、表情を読み取られまいとしてか、ごく無造作に手を差し出した。

「ほう、これはまた……」

勝次から受け取った簪を見て、興味ありげに呟いた。

興味あるもないも、一目《ひとめ》で自分の作った物と分かっている。だがつとめて平静を装い、子細《しさい》ありげにしげしげと眺めた。

それは竹竿に蜻蛉《とんぼ》が止まっている可愛らしい細工物で、左右の蜻蛉の翅《はね》に、〝谷〟という極小の文字が点々と彫り込まれている。

こうした念のいった代物《しろもの》は、並の技では作れない。

この親方は〝谷斎《こくさい》〟という通り名を持つ、象牙彫師《ぞうげぼりし》である。実際は象牙より鹿角《しかづの》の彫刻が多いので、角《つの》彫師とも称された。

ちなみに角彫りとは、鹿角や象牙などを素材にし、根付《ねつけ》や煙管《きせる》、簪、櫛《くし》などの細工物を、巧みな技で彫り上げる職人のこと。

当年三十二にして谷斎は、〝角彫り名人〟の評判を得ていた。

蜻蛉の翅に〝谷〟の字を彫り込むなど、並の職人ではあり得ないのだが、頑張った割にはあまり報《むく》われない。ただの模様と思われ、字とは気づかれないのが普通だった。

まして谷斎の作と読み解く者は、専門の職人か好事家《こうずか》しかいない。

それを知ってのことか、勝次は、

「これは親方が作った物と見たが、違《ちげ》えねえな?」

とまるで自分が〝谷斎作〟と見破ったかのように、いきなり高飛車《たかびしゃ》に決め付けてきた。

(そんな言われ様はなかろう、おれの作でどこが悪い?)

そう返したいところだが、何しろ物が物である。

谷斎は煮え滾《たぎ》る思いを隠し、慎重に点検するフリをした。

「たしかにこれはあたしの作ったものに間違いないが……。しかし、それがどうしたと？」

つい穏やかならぬ口調になった。岡っ引が持ってくる話に、ロクなものがあるはずはない。

「いや、実は、二日前のことだが、向島《むこうじま》の土手に女の土左衛門《どざえもん》が上がってな」

「え……」

「見たところ、二十歳から三十ちょい前くらいのようだと」

その言葉に胸を突かれ、思わず谷斎は背筋を伸ばし身構えた。予想をはるかに超える、最悪の展開ではないか。

「大かた身投げか、心中《しんじゅう》の片割れか、悪党に放り込まれたかで、流れついたんだろう。初めはそんな見立てで、お終《しめ》えになるはずだった……が驚いたことに」

と勝次は舌で唇を舐《な》めた。

「女には幽《かす》かに息があったんだ。大騒ぎになって慌てて養生所《ようじょうしょ》に担ぎ込んだんで、何とか一命は取り留めた……」

「ふう、それは良かった」

「いや、先がある。命は取り留めたんだが、始末が悪《わり》いことに口も利けねえ。頭でも打ったんだろう、自分がどこの誰かも分からんし、着物も剝《は》がれて湯文字《ゆもじ》（腰巻）の他は裸同然ときた。何かの手掛かりといや、この簪しかなかったと……」

たまたま奉行所に、根付にやたら凝《こ》っているお偉方がいるということで、所轄の岡っ引が、そこに持ち込んだという。

するとお偉方は、長いこと矯《た》めつ眇《すが》めつしたあげく、模様と思われたものが〝谷〟という字ではないかと気づいた。

であれば、〝象牙彫師谷斎〟の作に間違いない、とのご託宣《たくせん》だった。

「谷斎センセイといや、芝《しば》、芝といや、わしの縄張りだ。……てえことで廻り廻って、簪がわしのところまで流れて来たわけよ」

長い説明を一気に終えると、勝次は谷斎の顔を窺った。

「親方なら、これを誰に売ったか覚えていよう。正直なところを教えてもらいてえ」

「あたしもそれを、さっきから考えてたんだがねえ……」

ここは慎重に言葉を選んで間合いを取り、縁側の向こうの、夏の陽が輝く庭に視線を投げた。

（一体どういうことなんだ）

焦《あせ》りに似たものが脳裏《のうり》を駆け巡る。

「実はこれ……あたしがまだ師匠の元から一本立ちするかどうかの、駆け出しのころに作ったもので。だいぶ昔の物ですわ」

それは本当だった。そのころは食い扶持《ぶち》を稼ぐため、やたらいろいろと作りまくったのは間違いない。

「お恥ずかしい話ながら、金のためただ夢中で作ってたんでねえ。申し訳ないが、さっぱり思い出せないんですよ」

すらすら言ったが、これは真っ赤な嘘である。

幾多の簪は忘れてしまったが、忘れられぬ作品は数少ないがある。中でも精魂込めて作ったこの簪を、どうして忘れられようか。

「ふーん」

勝次は疑わしげな目で谷斎を睨みつけ、しばし沈黙した。細い目をじっと向けてくるその様子には、人を竦《すく》ませるものがある。

谷斎は蛇が嫌いだったが、高姿勢で睨みつけてくるこの岡っ引は、なるほどトグロを巻いたアレによく似ていた。

「ま、たしかにこの簪は相当、使い込まれたふしがあるな。そんな昔の話じゃ、無理もねえか」

意外にあっさり引き下がる気配に、谷斎はホッとしかけたが、

「しかし親方よ」

と相手はなおしつこく食いさがる。

「これだけ細工を極めた作だ。どんな女の手に渡ったか、覚えてねえもんかね。帳面につけておくとかさ」

「はあ、いや、何しろ古い話だし、金のため……」

「分かった分かった。ま、何かの拍子に思い出すかもしんねえ。そん時は、知らせてくんな。わしの居所は番所に訊いてくれ」

「はあ、必ず……」

勝次が戸口から出て行くと、谷斎は脱力したように、作業台の前にへたり込んだ。なぜ正直に言わなかったのか。我ながら、わけが分からなかった。

もう今日は仕事にならん、と思った。

放心したように、縁側近くに咲く沙羅《さら》の花に目を投げる。

記憶の底からとめどなく溢れる想いに浸っていると、むしょうに酒を呑みたくなった。だが日盛りの中に出て行く気力もない。

二

「ふーん、あの人がねえ……」

その話を千吉から聞いて、綾は驚いたように肩を竦《すく》めた。千吉はその簪の話を、下っ引仲間から聞き込んで来たらしい。

谷斎が、何やら辛気臭《しんきくさ》い細工物を手がける〝名人肌の彫物師〟、と知らないではなかった。

だがどこかで、悪い冗談だろうという気もある。

綾が知るその人は、青白い〝名人肌〟なんかでは全くなかった。

この柳橋では、いつも真っ赤な羽織を着込んで洒落《しやれ》のめし、この町を闊歩《かつぽ》する谷斎の姿を、知らぬ人はいないのだ。

例えばこうだ。

ソロリソロリ……と赤い羽織の男が、橋を渡ってくる。

「ほら、赤羽織が来るよ」と人は笑いを堪《こら》えてすれ違う。

人を驚かし、笑わせて、座をとり持つ幇間《たいこもち》。

それがこの花街《かがい》で知られる谷斎である。いつも剽軽《ひょうきん》で自信あり気な道化者《どうけもの》で、そんなヘドモドした姿は見せたことがない。

美男子とは言えないが、そのどこか取り留めのない長めの顔に、大きな目が釣り合っていて、そこに何かしらの愛嬌《あいきょう》があった。

赤羽織の印象から芸人を思わせるが、芸人にありがちな媚《こ》びた卑《いや》しさは微塵《みじん》もない。明るい、天性の〝お笑い人〟である。

綾が初めてこの人物に会ったのは、実はつい最近のことだった。


川面から吹いてくる風が心地よい、初夏の昼下がり——。

綾はおかみのお簾の使いで、せわしなく行き交う通行人の老若男女をぬって、小走りに両国橋を渡った。

橋を渡りきった東詰の広小路は、いつもながら大賑わいだ。

よしず張りの水茶屋や、髪結床《かみゆいどこ》、見世物小屋がずらりと並び、水茶屋の看板娘が店の前に立ち、呼び込みの金切り声を張り上げている。

綾の行先は、東詰にある垢離場《こりば》のすぐ近くだ。

垢離場とは、大山《おおやま》参りに出かける参拝者が、裸で大川に浸かり、身を清める場所である。この時期に通りかかれば、「六根清浄《ろっこんしょうじょう》」だの「懺悔《ざんげ》、懺悔」などと唱える声が、お経のように響いていた。

その前を通り過ぎると、

「さあ、いらっしゃい、いらっしゃい」

の呼び込みが聴こえて来る。

通称〝コリ場の寄席《よせ》〟である。

江戸市中に数百軒あるという寄席の中で、ここが最も広く五百人を収容するため、噺家《はなしか》にとっても最高の寄席とされている。

風にはためく〝三遊亭圓朝《さんゆうていえんちょう》〟の幟《のぼり》を横目に見て、綾は木戸番に言った。

「篠屋の使いの者ですが、うちの主人が来ているはずで……」

と言いかけると、木戸番は最後まで言わせず、心得顔で頷いた。

「ああ、篠屋の旦那ね。はいはい、おーい、通してやってくれ」

富五郎《とみごろう》はいつも、気前よく心付けを弾んでいるのだろう。上客とみなされているのが察せられた。

絣《かすり》の着物のお茶子《ちゃこ》（女中）に従って場内に入ると、ムッと蒸し暑い空気が押し寄せてくる。

慶応三年（一八六七）も半ばである。政情不安のこの時期のまっ昼間。しかも中入《なかい》り（休憩）前に、五百席はほぼ埋まっているのだ。

昼席のトリ（真打《しんうち》）は、二十八歳で人気の三遊亭圓朝で、三年連続でつとめている。今日は贔屓《ひいき》筋が顔を揃える〝総見《そうけん》〟の日とあって、遠方から出て来た者もいるらしい。

高座《こうざ》では、中年の噺家が陰気な口調で一席伺っているが、退屈そうに座布団に寝転んでいる客もいた。

「旦那様はあちらです、もうすぐ中入りなのでここでお待ちを」

お茶子は最後列の立ち見席まで行き、左手はるか前方の一段高い席を手で示して囁き、姿を消した。

そこは常連様用の席だろう。綾は、指さされたその上席に、富五郎らしい姿を見つけたが、そのすぐ隣に座っている異様な男の姿に、目を奪われた。真っ赤な羽織を着ていて、客席の薄暗がりでも鮮やかに目立っている。

これまで見たことはないが、何かの芸人だろうか。

富五郎と親しげに言葉を交わすのを、興味しんしんで眺めるうち、陰気な一席がようやく終わった。

中入りになると、客にクジを売りつけようとする前座《ぜんざ》連中や、客のお世話をしておひねりを狙うお茶子が、一斉に客席になだれ込んでくる。

それをかき分けて、綾は前方に向かった。

「やあ、綾じゃないか。こっちこっち……」

富五郎は綾の姿を認めると、声を上げて手招きした。

「お簾から何か言付《ことづ》かってきたな。今日は、急用は受け付けんよ」

「はあ」

綾はそばに座って、預かってきた書き付けを差し出した。

富五郎が封を切って文面に目を通している間、綾は隣の男をチラチラ見てさりげなく観察する。

粋な唐桟《とうざん》の着物に、真っ赤な縮緬《ちりめん》の羽織。

濃緑色の太打ちの丸紐を、胸高に結び、扇子《せんす》を揺らめかせ、通《つう》ぶった物腰である。

妙なことに、赤羽織の背や、袖や、胸などに金色の紋が染められているが、その模様が〝劒《けん》かたばみ〟だったり〝五三《ごさん》の桐《きり》〟だったり、すべて異なっている。何かのシャレか？

……と思っていると、富五郎の声がした。

「ご苦労さん、お簾には子細承知した、と伝えておくれ」

「それだけでよろしいですか？」

「ああ、それでいい」

言って、音を立てて茶を啜った。だが綾が隣の男に興味を抱いているのを先刻ご存じらしく、

「ええと、こちらは角彫り名人の谷斎宗匠《そうしょう》、江戸一番だ」

と紹介してくれた。

「おっとご主人、やめてくださいよ。宗匠なんぞと滅相《めっそう》もない。ただの職人です」

男は慌てたように謙遜してみせ、

「どうぞお見知り置きを」

と、如才《じょさい》なく丁寧に頭を下げる。だが富五郎は、向こう隣の男に何か話しかけられ、綾を紹介し忘れた。

「あの、篠屋の綾と申します」

と頭を下げながら、ああ、あの人か、と思い出したことがあった。

いつだったか、お簾が一本の簪を、親しい芸者に見せびらかしている場に、居合わせた。見たところ、竹竿に蝸牛《かたつむり》が止まっている奇抜な意匠で、指先にも満たぬ小さな蝸牛の殻《から》に、何やら小さな模様が彫り込まれていたっけ。

「コクサイさんに彫ってもらったの」

「まあ、コクサイに……」

そんなサワサワしたやりとりが耳に残っていた。

(そのコクサイが、この赤羽織とは……?)

あんな細工物を作る職人なら、もっと気難しげであるはずだ。だが間近にいるのは、あっけらかんと明るく物腰の柔らかな男だった。

それはともかく、そろそろ帰らなくちゃと思った時、近くでざわめきが起こった。

「しまった、やられた」

大店の隠居らしい恰幅《かっぷく》のいい老人が、懐を探って声を上げたのだ。

「丹後屋《たんごや》さん、どうしなすった?」

富五郎が声をかけた。どうやら圓朝の総見の仲間らしい。

「いや、あたしとしたことが財布をスリに……」

そこまで聞いた瞬間、谷斎はガバと立ち上がり、すっ飛ぶように赤羽織を翻して常連席から出て行った。

富五郎と綾は呆気《あっけ》に取られ、黙って顔を見合わせた……。そのうち谷斎は何ごともなかったように戻って来た。

手には、いかにも上等そうな印伝《いんでん》（鹿革なめし）の、柔らかそうに膨らんだな財布が握られている。

「ややっ、どうしてそれを？」

丹後屋が声を上げた。

「いえ、ここは見晴らしが良いんですよ。芝居小屋でよく見るスリを、たまたま見付けちまって、さっき、木戸番に注意しといたんで」

「じゃ、木戸番が捕まえてくれたのか」

「いや、若い衆を張り付かせておいたんですよ。何かやらかすに決まってますから。案の定、木戸口からコソコソ逃げ出そうとするところを、若い衆が取っ捕まえた。その若い衆の手柄《てがら》ですわ」

谷斎が、淡々とそう説明するのを綾は驚いて見ていた。

三

こんなこともあった。

そのスリ事件から半月ほどした夏の盛りのこと。

「あっ、福の神の御到来だよ！」

と篠屋の帳場で、おかみの歓声が響いた。

綾がそっと覗いて見ると、いきなり真っ赤な羽織の男の背中が目に飛び込んで来る。

こんな羽織を着る男など、世間にそうざらにいるものではない。

先日、寄席で出会ったあの角彫り職人に決まっているが、どうして福の神なのか。

「誰か、ちょっと来ておくれ！」

とお簾に呼ばれ、すぐに顔を出した。

「や、綾さんですね、先日はどうも」

とあの男がいきなり、愛想よく挨拶してきた。一度会っただけの、使い走りの女の名前を、ちゃんと覚えていたのである。

「おや、谷斎さんとは初めてじゃなかったのかい」

お簾が不審そうに言ったので、綾が事情を説明すると、

「あ、うちの旦那様ご愛用のコリ場の寄席ね」

とあっさり頷き、

「いえね、綾さん、今も話したところだけど、階上《うえ》の美作屋《みまさかや》さんのお座敷が、まるでお通夜なんだよ。困っちゃってねえ」

そういえばそうだった。

美作屋のお座敷とは、池之端《いけのはた》の薬種問屋の主人佐兵衛《さへえ》が、いつも薬を納める養生所のお役人の、接待のために設けた宴席である。

芸妓も二人呼ばれていた。

ところがそのお役人二人が、いかにも融通の利かぬ堅物《かたぶつ》ふうのところへ加えて、美作屋の主人と番頭も負けてはいない。

大店《おおだな》の当主にしては、いかにも花街の遊びに慣れない、実直だけが取り柄のような人物だった。

どうにも宴席がぎこちなく、盛り上がらない。せっかく呼ばれた芸妓の三味線《しゃみせん》の音も、湿《しめ》りがちだった。

ただ有難いのは、己れの不調法を弁《わきま》える美作屋が、座持ちのために〝赤羽織〟を呼んだことだった。

ところがこの幇間が、未だに現れない。

やきもきしたお簾は、美作屋に耳打ちし、本当に来るかどうか確かめてみた。すると、この幇間は遅れることが多いばかりか、すっぽかすこともあるのだという。

〝福の神〟も、すっぽかせば疫病神《やくびょうがみ》になる。

「綾さん、すぐにこちらさんを、お座敷にお連れしておくれ」

とお簾は急《せ》きたてた。

「谷斎さん、ひとつよろしく頼みますよ」

谷斎が座敷に姿を見せたとたん、二人の芸妓が救われたように目を輝かせたのを、綾は見逃さない。

「手前、赤羽織こと谷斎にござります。遅参致しまして申し訳ござりませぬ」

と谷斎が大仰《おおぎょう》に平伏してみせるのを見て、綾は階下へ下りた。

厨房で立ち働きながら耳を澄ませていると、二階から伝わって来る声が、急に賑やかになるのが分かる。

(あの人、どんな魔術を使ったのかしら)

つい先刻までは聞こえなかった〝ドッと笑い〟が、頻繁《ひんぱん》に漏れて来る。湿っていた三味線もにわかに生気を取り戻した。何よりお銚子の注文が格段に増え、お波とお孝が急に忙しくなった。

「ふふ、さすが谷斎さん、〝たいこ〟の鑑《かがみ》だね」

上の様子を気にしていたお簾が、満足そうに頷いた。

たいこ、とは太鼓持ちのこと。旦那衆のご機嫌を取って、ご祝儀に与《あず》かる男芸者で、花街ならではの稼業である。

「おかみさん、あの谷斎さんて、角彫り名人じゃないんですか?」

思わず綾は訊いてみる。

「そりゃ表の顔だよ。もう一つの裏の顔が、柳橋一番の太鼓持ちなの」

事もなげな説明は、綾には思いがけなかった。

〝竹に木を接《つ》ぐ〟という格言があるが、あれほどチグハグな人って、他にいるかしら。

「綾さーん、ちょっと助けて」

とその時、てんてこ舞いのお波から声がかかり、綾は我に返る。

「はーい、ただ今」

ちょうど良かった。現場の様子をこの目で見ようと、急に好奇心をかき立てられたのだ。

お盆を二階に運んで行くと、谷斎は堅物ふうの年嵩《としかさ》の役人と盃を交わしながら、何やら話し込んでいる。

「……なるほど詳しいもんだの」

と仏頂面《ぶっちょうづら》の役人が言っている。

「するとなんだな、青ギス釣りはこの時分、皆そこに集まるわけか」

「……と申すわけでもございませんです、はい。潮ざしを見て場所を決めるのは、大のつく名人の致すこと」

「てえと、大のつく名人は、竿さえひっ担いでいきゃァ、嫌でも釣れるわけか」

「いや、ご冗談を。先方《さかな》もそう馬鹿ではございません」

「するとなにかな、名人でもそうなら、みどものごときは、魚より馬鹿てえわけかの」

芸妓から笑いが起こる。

続いて、テコでも笑いそうにない役人が笑いだす。

釣りの話をしているのだが、谷斎は取り立てて面白いことを言ってはいない。相手に喋らせているのだ。

ちなみに江戸のお侍は総じて釣り好きである。

篠屋にいると、特にお役人は、釣りが一番の趣味だと分かる。

お城から引けると大抵は竿を担いで、神田川や大川の上流、海では鉄砲洲《てっぽうず》、品川沖《しながわおき》へと、いそいそ出て行く。篠屋の船着場で舟を下り、釣果《ちょうか》を厨房に差し出し、調理してくれと頼むお侍もいる。

酒が入ると釣り談義が始まり、口角泡《こうかくあわ》を飛ばして話し込む。

谷斎は、話題が極端に少ない武士の口から、そんな会話の糸口を探り出し、そこをツボと見定めて、うまく話に引き込んで行ったのに違いない。

機を見るに敏な食えない男、と綾は肝《きも》をつぶした。

何度か座敷に出入りするうち、さらに気づいたことがある。

芸妓にも、喋りが苦手な妓がいるし、三味線より喋りの方が得意な妓もいるのだ。

その辺をよく心得て巧みに使い分け、花を持たせる。

不調法の極みのような美作屋の主人にも、下手《へた》な端唄《はうた》を披露させ、盛大な拍手を送って場を持たせていた。

谷斎自身は、何一つ芸をするでもない。

ただ隅々まで目を配り、座の空気を読んで、近ごろ評判の芝居の話から、吉原芸者のとっておきの話、相撲取りの人気番付まで、どんな話題にも当意即妙《とういそくみよう》に対応するのである。

谷斎がいれば、間違いなく宴席は盛り上がる。

なるほどお簾の言う通り、〝福の神〟だった。

「へい、お疲れさんでござんした」

宴が果て、座敷の飲み残しの徳利や、料理の皿の片付けに追われていた綾は、そう声をかけられて振り向いた。

ご機嫌のお役人と美作屋を送り出した谷斎が、いつの間にかそばに立っていた。

「まあ、宗匠こそお疲れ様でした」

と綾は顔を輝かせた。

「そ、その宗匠は勘弁してくださいよ。篠屋の旦那の冗談なんでね。ただのしがない〝野だいこ〟です」

野だいこ、とは見番《けんばん》に属さない素人《しろうと》幇間のこと。

「今日はどうもお粗末さんでした」

「いえいえ、感心しました。あのお武家様を笑わせるなんて！」

「ははは、角ばった岩ほど割れやすい」

その喩《たと》えに綾は吹き出した。

「谷斎さん、釣りがお好きなんですか」

「いや……」

どんな話題もこなせる物識りだから、太鼓持ちがやれるのだ。

「ま、釣りは二番めに好きかな。一番め？　はい、それは釣った魚を食べること、ははは……。それより綾さんこそ、何というか……」

と谷斎はさりげなく周囲を見回し、誰もいないのを見て言った。

「こんなことを言っちゃァ何だけど、綾さん、こういう所にいるお人じゃないんじゃないですか？」

（危ない、危ない……）

綾は笑って思う。

これがこの人の、悪魔の誘導尋問なのだ。

「いいえ、宗匠のお言葉を借りれば、ただのしがない女中です」

「ははは、そう来るか」

「それより不思議なのは、宗匠のその羽織の御紋です。紋の柄《がら》がいろいろと違ってますけど、どういう洒落《しゃれ》ですか？」

話題を変えて突っ込むと、相手はますます笑った。

「あ、これですか、ふふふ……」

谷斎は、羽織の両袖を手で突っ張って見せた。

「なに、ただの洒落で始めたんですよ。それが意外に受けちまって……。いえね、羽織を新調する時に、〝そろそろ羽織が草臥《くたび》れてきたから新しいのを誂《あつら》えます〟と、贔屓筋の旦那衆に、奉加帳を回してみたんです、ええ、あの美作屋さんなんかね」

すると寄進の金が沢山《たくさん》集まったので、ちょっとした洒落で、額の多い順にその旦那の家紋を入れてみたという。一番めは羽織の背中、二晩めは胸、三番めは右腕……という具合だ。

「羽織が仕立て上がったんで、早速着込んで、御礼の挨拶回りと洒落てみた。それを見れば、出したお足の額が一目瞭然でしょ」

すると次はもう少し寄進を弾もう、という気分になるらしく、旦那衆が面白がって張り合ってくれるようになった。

「いやもう、有難いことですわ。こちらは大助かりですよ」

「…………」

綾は呆れて、二の句が継げない。この変人としか言い様のない人物に、なぜ赤羽織なのか、などと訊く気になれなかった。

四

岡っ引の勝次が訪ねて来た日、谷斎は、芝の住いにある工房に、久しぶりに腰を据え、首をひねっていたのである。

お客の歌舞伎《かぶき》役者から、矢の催促だった。

根付を頼まれているのだが、なかなか仕上がらない。

図柄は、立ち姿の猿が、右手（前足）を頭の上に乗せているという奇抜なものだ。

しかし肝心な猿の顔が決まらない。これじゃ戯《ふざ》け過ぎか、これは平凡でつまらん……の連続である。

もともとが気ままで、気が乗らないとやらないし、凝りだすといくらでも時間をかける。だから月に一つか二つしか作れない。

加えて、女房のお庸《よう》が十日前から実家に帰っていて、雑事が多かった。お庸は、十九歳。谷斎より十二歳下である。

所帯を持って二年めで妊《みごも》ったが、悪阻《つわり》がひどく、食べ物も受けつけなくなった。幸いお庸の父親は、芝神明《しばじんめい》に住む名の知れた漢方医だったから、そちらに任せたのだ。

谷斎の生家も芝にあるが、幼馴染《おさななじみ》ではなかった。

生家は、芝神明の中門前にある米問屋〝伊勢屋《いせや》〟である。惣領息子に生まれ、順当に行けば米問屋の主人に収まったものが、いかんせん商売が全く身につかぬ不肖の倅だった。

名を惣蔵《そうぞう》といい、若年のころから絵草紙や読み本に読み耽《ふけ》り、書画骨董をかじり、茶道具鑑定にのめり込み、酒を呑んだ……。

そんな子どもらしくない道楽ぶりで、親を泣かせていた。

二十一の時に、象牙彫師・玉陽斎光雛《ぎょくようさいみつひな》に弟子入りした。

二十五歳で一本立ちを許され、惣蔵から谷斎となった。

お庸の実家はその伊勢屋の近くにあり、どこか薄暗いその家からは、いつも薬草を煎じる匂いが漂っていたものだ。

二十一まで惣蔵は実家にいたから、漢方医の娘の別嬪《べっぴん》ぶりは知っていた。だがやがては家を捨て、一介の象牙職人となったから、評判の器量良しと所帯を持つなど、想像だにしなかった幸運だったのである。

そんな新婚生活も二年め。便利な暮らしに馴れていたから、女房が居なくなった日常の不便さは、ひどく身にこたえた。

勝次が来た時は、そんな不便をかこち、

（どれ、お茶でも淹れるか）

と立ち上がった時だったのだ。

（こうしちゃいられん、ともかく出かけなくちゃ）

という思いに急《せ》き立てられ、慌ただしく身仕舞いをした。


谷斎はその夕方近く、柳橋の袂にある料亭『亀清楼《かめせいろう》』にいた。

まだ客が多くはない広い店内の、奥まった場所に座り、神田川から大川を見晴らす美しい夕景色を、じっと眺めていた。

赤羽織は脱ぎ、装いは地味である。

この日は特に、心身を包む憂いを隠しきれなくて、表情も気難しげな角彫師の顔だった。

「あら、まあ、谷斎先生じゃないですか」

よく通る明るい声がして、若おかみのお蕗《ふき》が、そばに寄って来た。

以前よりふっくらとした小太りの体に、藍色の江戸更紗《さらさ》を涼しげに着て、親しげに微笑《わら》っている。

「ご無沙汰しました」

と谷斎が神妙に頭を下げると、

「いえ、お忙しいのでしょう？　お噂はよく聞こえてるのに、なかなかお目にかかれなくて……」

と徳利を手にして、酌をした。

「いや、どうも、貧乏暇なしでしてね」

あの谷斎が、いつになく縮んでいた。

ここは、師の玉陽斎光雛に、初めて連れられて来た店だった。駆け出しのころだから、かれこれ十年になろう。

両国花火といい、月見の宴といって、師匠のお供をして来たものだ。贔屓筋の旦那衆に、名指しで招かれることもあった。

幼少からの〝道楽〟のおかげで、座持ちのいい若者だったのだ。博覧強記《はくらんきょうき》で何でも知っているから、谷斎がいれば、座が盛り上がった。

だがある時期から、ぱったり足が遠のいたのである。

「どなたかとお待ち合わせでも？」

「いや、最近はさっぱりですよ」

力なく笑って、相手の様子をそれとなく探った。

だがおかみは、谷斎の無沙汰をそれとなく責めるだけで、その他のことを特に隠しているふうもない。

（どうやら、まだ何も伝わっていない）

と判断したが、がっかりする一方で、胸を撫でおろした。

実は、あの勝次が持ち込んで来た簪の主は〝おみや〟といって、以前はこの亀清楼の女中だったのである。

耳聡いおかみだし、おみやと仲良しの女中もいる。谷斎とおみやの関係は知られていないが、憎からず思っていたのは周知のことだ。

何かしら情報を摑んでいたら、真っ先に言うはずだが、先ほどからの対応では何も知らないようである。

「お貞《さだ》ちゃんは？」

と試しに、仲良しだった女中のことを何気なく訊いてみると、半年前に辞めたという。

谷斎は徳利を二本ほど空け、前菜の他は茶漬けを一膳食べただけで、席を立った。

玄関まで送って出て来たお蕗は、何を思ったか、

「おみやのことご存知かしら？」

と急に言ったので、がぜん胸が高鳴った。

「え、どうかしたんですか」

「いえね、嫁ぎ先の若旦那って、惚れっぽいでしょう。またぞろ浮気の虫が出て、花魁《おいらん》を落籍《ひか》すのどうのって揉めてるそうですよ。廓《くるわ》で遊んでるだけで良いのに、おみやも気苦労が絶えないみたいで」

「へえ、それはそれは……」

谷斎は興味なさそうに呟いた。以前にも、流産したというような話を、女中から聞いたことがある。

「まあそれはともかく、谷斎先生、冗談抜きに何かあったんでしょう？　今日は、なんだか萎《しお》れた花みたい……」

と薄暗い中で、覗き込むように言う。

その微かな甘い香りに、谷斎は何がなしドキリとした。

酒が入ると愉快な人間が、〝萎れた花〟のようにくったりしていては、おかみは案じるだろう。下心《したごころ》がなくてもだ。

よほど白状してしまいたかったが、あれこれ探られるのも煩《わずら》わしい。自分は女に甘い男だ。こう覗き込まれてはほだされて、たちまち喋ってしまいそうだ。

「いや、ただの暑気あたりです」

「お酒が足りないんじゃやない？」

「また来ますって」

苦笑して言い、来たことに複雑な後悔を覚えつつ、店を出た。

おみやに目を止めるようになったのは、師匠に従《つ》いて、何回かこの店に通《かよ》うころだった。谷斎より三つ下というから、十七、八か。

色白で丸顔の、愛らしい娘だった。

いつも笑顔を絶やさなかったが、睫毛《まつげ》の長い大きな目で、よく客を見ていた。混んでいる時の客さばきが巧みで、うるさ方の常連客が多いこの亀清楼で、最も人気のある女中だったのだ。

そのころの谷斎は、まだ惣蔵の名であり、師匠から髪飾りの試作を命じられて、悪戦苦闘の最中だった。

根付については、師匠も一目《いちもく》置くような斬新なものを次々と作り出して、人気を集めていた。

だが女の髪を飾る簪の類いは、ほとんど手掛けていなかった。

誰もが好みそうなものは作りたくない。だが女の嗜好をそそるものが何なのか、まるで摑めていなかった。

何日か考えあぐんだ末に、師匠に駄目を出されてもいい、手加減なしに大胆に自分の好みを出してみよう、と腹を決めた。

それで仕上がった一本の簪――。

素材は得意の鹿角を使って、竹竿に小さな愛らしい蜻蛉がヒョイと止まっているという、洒落た見立てだった。

これを、実際に女の髪に挿したところを見てみたい。そう思った時、ふと頭に浮かんだのが、おみやである。

(そういえばあの娘は……)

いつも皆とお揃いの紺絣を着ているのだが、皆より少し目立っているのに気づいていた。

それとなく注意してみると、髪飾りをたまに変え、安手で地味ながら、いつも独特なものを挿していたのだ。

(あの娘なら、こんなお洒落なものが似合うぞ)

谷斎は、頭の中で何かが閃《ひらめ》き、火花を散らすのを感じた。

そうだ、世の中には、あんなお洒落で目立ちたがり屋の娘が、沢山いるんじゃないか。自分の狙うべきは、そんないじらしい娘心だ。その胸のときめきを、しっかりと摑むことなのだ。

その思い付きに、久しぶりに興奮を覚えた。

たまたま店に行く機会があったから、隙を見ておみやを廊下に呼び出し、試作品だと断って簪を見てもらった。

「まあ、ちっちゃな蜻蛉……」

おみやは簪を手に取って、足下燈の灯りにかざし、無邪気に目を輝かせた。

「可愛いい！　髪に挿すと、蜻蛉が止まってるみたいでしょうね」

「ちょっと挿してみてくれる？」

と頼むと、困ったような顔をして周囲を見回した。

「ここじゃ無理よ。人が通るし、第一こんな薄暗がりじゃ、色が分からない」

「じゃ、何時《いつ》がいい？」

と谷斎は思わず踏み込んだ。

「何時って……」

「お日様の光の中で、改めて会ってほしいんだ、何時ならいい？」

もしかしたら簪にかこつけて、それが、最初の求愛だったかもしれなかった。

五

改めておみやと、日の光の中で会ったのは、翌日の昼だった。

谷斎は浅草橋《あさくさばし》に近い八幡様の境内で、おみやを待っていた。八幡さまは通称で、正式には銀杏岡八幡《いちょうがおかはちまん》神社。師匠光雛の工房と同じ福井町《ふくいちょう》にあり、界隈をよく知っている。

いつもより心持ち、めかし込んでいた。

時間も早く着き過ぎた。境内には人けがなく、待ち合わせの松の木の下には、白黒ぶちの猫が寝そべっていた。しゃがんでしばらく無心で、その猫をかまっていた。

そのうち、おみやが小走りに境内に入って来た。

「ごめんなさい、遅くなっちゃって。待った？」

息を弾ませながら、おみやは言った。

たぶん今まで店で働いていて、昼飯に与えられた休み時間を、谷斎に会うために使ったのだろう。

「いや、たった今来たばかりさ」

谷斎はチラと眩しげにその姿を見ただけで、目を合わせないまま、またしゃがんで猫の背中を撫でた。猫は欠伸《あくび》をして起き上がり、スタスタと庫裏《くり》の方へ消えていく。

「ほら、見てちょうだい」

とおみやは、笑いながら言った。

谷斎は眩しげに目を向けたが、本当はもう知っていたのだ。

息を弾ませて近づいてくるおみやの髪に、昨夜預けたあの簪が挿されているのを。

それは黒い髪の中で、輝いていた。色が髪によく合い、まだらな木洩れ陽を反射して、洒落て、少しおきゃんな雰囲気を醸《かも》している。

(これがいい、これでいこう)

「似合うよ、おみやちゃん」

会心の笑みが浮かび、思わず言っていた。

「これまで会ったうちで、今日が一番美人に見える。これは試作品だから上げられないけど、もっといいのを作って上げる」

と約束した時のおみやの笑顔を、谷斎は瞼に焼き付けた。

これが自分の作品の原点なのだと。

新しい簪を作って進呈したのは、その三か月後だった。

「嬉しい！」

とおみやは声を弾ませ、小躍《こおど》りして喜んだ。

それ以来、二人はこの神社でよく会うようになった。その時はいつもあの簪が髪の中に輝いているのを、谷斎は嬉しく心に刻んだ。

自然にお互いを、特別の人と考えるようになった。

簪は売れて、谷斎は髪飾りの分野でも成功を収めたのだ。

「一本立ちしたら、所帯を持とう」

といつごろから言い始めたのだったか。

ただ、売れたといっても、そうすぐに一本立ち出来るものではない。様々な分野を試し、どんな仕事が舞い込んでも対応出来る腕が必要だった。またそれなりに売れなければならない。

独立したからといって、さして金持ちになれる筈もない。

「所帯を持ってからも、あたしは働くから心配ないわ」

とおみやは言ってくれた。

一本立ちが決まるまで、それから二年近くかかったろうか。

四年の修業で独立出来るのは、業界では珍しい速さだった。

だが二人には長過ぎたかもしれない。おみやの様子がどことなく愁いに満ちて来たのに気づいて、谷斎は内心焦った。

やっと師匠のお許しが出た時、おみやの喜ぶ顔が見たくて、一刻も早く知らせたいと思った。

その日、福井町の師匠の工房を出るや、飛ぶような思いで柳橋の亀清楼まで走った。

裏口に回り、出て来た顔見知りの老下足番に、おみやを呼んでくれるよう頼んだ。

だいぶ待たされたように思う。

襷と前垂れ姿のままおみやは出て来て、済まなさそうに言った

「待たしてごめんね。団体さんが入ってて……」

「いいってことよ。忙しそうだから手早く言おう、お許しが出たんだ！」

「え……」

おみやは一瞬目を浮かせ、顔を強《こわ》ばらせた。

「それはおめでとう、良かったね」

「あれ？　何だか嬉しくないみたいだな」

「ううん、そんなことない。ただあたし、もうすぐ此処《ここ》を辞めるから」

「どういうこと？」

「いえ、あの……あたし、恵比寿屋《えびすや》さんの女房になることに決まったの」

「エ、エビス屋って、尾張町《おわりちょう》のあの菓子問屋……」

「断りきれなかったの」

そこの若旦那の好太郎《こうたろう》に見初《みそ》められて……とおみやは早口で言った。

「…………」

一瞬にして、目の前がひび割れた。頭に一撃を受けたようにクラッとし、その場に頽《くずお》れそうになった。

その時ふと、少し前に小耳に挟んだ、女中たちのヒソヒソ話を思い出したのである。

(あの若旦那、貢物《みつぎもの》が凄いんだって……)

(おみやちゃん、玉《たま》の輿《こし》だね)

それを聞いた時、こういう所で働いていればそんなこともあろうと、谷斎は軽く受け流した。よもや……まさか……。いや、思いもよらぬことが起こったのだ。

「……そういうことか」

驚くほど冷たく言い放ち、谷斎は我ながら予想外に笑いだした。

「ははは……俺もお人好しだな、今の今まで知らなかった。喜ぶとばかり思い込んで走ったりしてさ、ははは……」

「いえ、惣蔵さん、聞いてちょうだい、これにはわけがあるの」

「ヘッ、カネに転んだ以外に何かあるのかい？　聞きたくもねえ。好きにしな！」

そんな言葉を投げつけると、谷斎はくるりと背を向けた。

「待って、お願い、本当に聞いて欲しいの……」

悲鳴に近い声が追って来たが、振り向くことなく去った。

　思いがけぬ不意打ちを喰らったものだった。

　女についてはそこそこ修練を積んだつもりなのに、世の中、これで万全ということはないのだ。

　以来、女は顔を見るのも触れるのも嫌になってしまった。

　遊び仲間から吉原に誘われても、付き合う気分になれない。酒も断って、まるで何かに憑《つ》かれたように、角彫り作りに打ち込んだ。

　有難いことに師匠の工房を離れてからも、顧客の注文が減らず、依頼されるものはすべて引き受け、凄まじい勢いでこなしていった。

谷斎がこれだけ無我夢中で働いたのは、後にも先にもこの時期だけだったろう。

濫作《らんさく》に突き進んだのは、〝職人魂〟などではない。

自分を棄てて大店の若旦那に走ったおみやを、何が何でも見返してやるのだという、ごく俗な執念だった。

だがこの異常な頑張りのおかげで、谷斎は世に認められ、好事家の間では〝名人〟の呼び声を得たのである。

芝に工房を構え、通いの弟子を、二人も抱えることにもなった。

しかし――。

谷斎は自分の中で、何か異変が起きているのに気づいた。

小さな点である鑿《のみ》の先に、全身全霊を集中する極限の世界。

そこから無限の世界が広がるはずではあるが、今の谷斎の前には、何かポッカリと、大きな空洞が広がって見えた。

このころからだ、酒に浸るようになったのは。

酒を呑むだけではない。それ以上に酒の席で、自分の絶大な物識りぶりを発揮するのが楽しいのだ。

それも高飛車で頭《ず》の高い〝学者様〟になるのではない。道化となって自分を低めつつ、口八丁の自分の芸を披露するのである。

その評判が広まって、根付のお客である旦那衆の酒席に招かれ、一席ぶつことさえあった。

吐き出すだけ吐き出してしまえば、気分が落ち着き、仕事をする意欲が湧いてくる。自分の前の極小の世界に、入っていけるのだ。

「お前は、職人より太鼓持ちだな」

と笑う人もいたが、そう呼ばれても何の異存もなかった。

六

亀清楼から出た谷斎は、いつまでも陽の残る夏の夕暮れの中、考え込みながら両国橋に向かっていた。

どうしていいか心が決まらぬ時は、つい足が向いてしまう。あのどこかいかがわしい人相見と、よしなしごとを喋りたくなる。

いつしか、そう思うようになっていた。見料《けんりょう》を払う時も、払わぬ時もある、一緒に呑む時もあった。

「当たる当たらぬは問題ではない」

と言いたいところだが、実は実際に当たるのである。

谷斎が、太鼓持ちの真似事をして憂さを晴らしていた、あの苦しい時期のこと。

〝宴席〟で一働きしたある夜、両国橋のそばを通りかかって、〝閻魔堂〟の提灯を見掛けた。

そういえば、この橋の袂の暗がりに、以前からこの提灯が出てたっけ。占い師は詐欺師と思っていたから、一度も振り向いたことさえない。

だがこの時は虫の居所が悪く、ほろ酔いでふらふら近づいた。

「いらっしゃい」

と閻魔堂はしゃがれた声で言った。

「さて、何を見ますかな。今夜はあんたが最後の客だ」

「ハハッ、最後なら当たるのかい」

「当たり前じゃよ」

「なら、俺が何を占いたいか当ててみてよ」

すると閻魔堂は、笑い声を上げた。

「見るに及ばずじゃ。そんなことを当てて、金は貰えん」

「金は払う。手品を見せてくれ」

「手品は仕掛けがあろう、わしにはタネも仕掛けもない。だからあんたが見たいものは見せられんのだ、帰ってくれ」

「手品は悪かった。言い直すよ、何か占ってほしい」

　と一分銀を懐から出して、置いた。今貰って来たばかりの、謝礼の一部である。

「なら言うがね、兄さん、あんたには女難の相が出ておりますぞ」

　とすかさず閻魔堂は言った。

「身ぐるみ剝がれ、魂を抜かれる。気ィつけなされ」

　言うや、一分銀をヒョイと摘《つま》んで袖の中にしまい込んだ。

　谷斎は雷に打たれたように、棒立ちになっていた。……どうしてそれが分かる？

　俺はもう女難に遭ってしまったぞ。

「どういうことだ？」

「どうもこうもない。これが卦《け》というものだ」

　言いながら、閻魔堂はバタバタと周囲のものを畳み、帰り支度を始めた。慌てて谷斎は、もう一分置《ぶ》いた。

「ちょっと待ってくれよ、閻魔堂。魂はもう抜かれちまったんだ。だが過去の話さ。占いってのは、将来を見るもんだろう。俺はこれから一体どうなるわけ？」

「いや、わしは先のことを言っておる」

「えっ、女難はまだ続くのかい」

すると閻魔堂は手に提灯を掲げて、しげしげと谷斎の顔を見た。

「兄さん、あんた、何の商売をしていなさる？」

「太鼓持ちだよ」

思わずそう言っていた。

「しがない野だいこだけど」

「ふーむ」

閻魔堂はその時、谷斎の長い顔に何を見たのだろう。

長いこと目を光らせて見入っていたが、おもむろに言った。

「なるほど。あんたは太鼓持ちに向いてるかもしれん。わしが良い知恵を授けよう。但《ただ》し、やるか否かは、あんたが決めることだ。自分の手で、運勢を開くのだ」

「能書きはよしてくれ。俺は、気に入らないとテコでも動かん男だ」

「よかろう」

と閻魔堂は頷いた。

「女除けと邪気祓《はら》いを、同時に仕掛ける妙案がある。赤い色を身につけることだ。鳥居に使われるように、赤は邪気祓いの色だ」

「……赤！」

「それと、あんたなら先刻知っていよう。色町じゃ、太鼓が女に手を出すのはご法度《はっと》だ。それをやると二度と町に戻れない」

「ああ」

「女が男を戒めるなら赤い湯文字、その逆なら赤羽織だ。どうだね、洒落で、赤い羽織でも着てみんか」

「あははは、つまり女は腰巻、男は羽織か！」

谷斎はすっかりそれが気に入って、贔屓筋の旦那に頼んで作ってもらったのである。

それが大当たりだった。

口伝えで〝赤羽織の谷斎〟の名は広まり、今や〝角掘り名人〟より、そちらの方が有名なほどである。

七

「谷斎さんよ、こっちこっち……」

人混みから出て来た谷斎は、声の主を探してキョロキョロした。薄暮の中で、閻魔堂が扇子を振っていた。

「や。いつもと場所が違うねえ」

「なに、事情があって、ちょいとこちらにずれたんだ。ま、それはどうでも良い。えらくしばらくだが、どうしたい」

と汗を拭き、赤羽織も着ずに萎れている谷斎をジロリと眺めた。

「いや、そこの亀清楼まで来たもんで。しかしこの辺りは、相変わらず人出が多いねえ」

谷斎は橋の方へ目をやって、汗を拭いた。

この暑さで、フラフラと家を出て来た涼み客で橋は一杯だった。

橋からはカタカタと下駄の音が響いてくる。広小路からは、呼び込みの声が重なって、地鳴りのように聞こえる。

「しかし、今日はまたやけに元気がねえぞ」

「いや、ただの暑気あたりで……」

消え入るように言い、道端の大きな石に腰を下ろす。

おかみの口から零《こぼ》れたおみやの消息が、谷斎を痛めつけていた。

これまで亀清楼の女中たちから耳にした噂は、姑《しゅうとめ》からの虐《いじ》め、流産、両親の離婚……等々、芳《かんば》しいものではなかった。

そこへまた旦那の女出入りとは。

今度のあの事件も、婚家での辛い立場と無関係ではないだろう。それが谷斎には、思いがけないほど辛かった。

自分だけが幸せになっている……との思いが胸を食《は》む。赤羽織を纏《まと》ってから、女は寄り付かないが、骨の髄まで太鼓持ち根性に染まってしまったか。

〝わけを聞いてほしい〟とおみやが縋《すが》ったあの時、どうして聞いてやらなかったのか。聞いていたら、何とかなったのではないか。

例えば、もしかして……おみやの家で、恵比寿屋に借金があったというような話であれば、自分なら何とか出来ただろう。

(何を恐れて、岡っ引に何も明かさなかった？)

それは勿論、女に逃げられたという不面目な過去を、口にしたくなかったからだ。思い出すのも、口にするのもおぞましい。

それだけではない。身元を明かしてしまうことが、おみやを不幸にしてしまわないか、という思惑があったのだ。

おそらくおみやは、嫁ぎ先には知られず、誰にも知られず、ひっそり無縁仏になりたかっただろう。万一死んでいたら、骸《むくろ》は婚家に返さず自分一人で葬りたい、と谷斎は思った。

しかしおみやは生きている。〝死に損ない〟の負い目を背負って恵比寿屋に帰るのは、死ぬより辛いだろう。

だからもしかして、記憶喪失を装っているのではないか？

であれば、自分が身元を明かすのは忍びない……と案じたのだ。

だが本当にそうか否かは、会ってみなければ分からない。

あらゆる雑念は捨てて、身元を明かし、訪ねて行くべきだ。そして状況次第では、帰るべきところに返すのが自分の務めではないか。

ついに谷斎は、そう思うに至った。

「おいおい赤羽織の旦那よ、何をそう考え込んでおるんじゃ」

閻魔堂がまた声をかけて来た。

「卦を見て進ぜるから、言いなさい」

「いや、何もないんです。ああ、強《し》いていえば……うちの嫁が、悪阻が重くて、里帰りしたってことかな」

「おっ、めでたい話だ、そういうことは早く言いなさい」

閻魔堂は二、三、お庸のことを尋ねるや、筮竹《ぜいちく》をかしゃかしゃと弄《いじ》っていたが、やがて言った。

「うむ、立派な男児が産まれるぞ。悪阻が重いのは、男の子だからだ。その子は……うむ、大物になると出ておる。わしの卦は当たるぞ」

自身番の小屋に入るのは、初めてだった。

いつもその前を通っているのに、注意を払ったこともないのだ。

自身番とは、江戸市中の各町に設けられた番所で、奉行所の出張所のような役目を果たしている。そこには町名主に雇われた番太郎《ばんたろう》が詰め、町内の警備や火の番に当たっていた。

戸口の障子を開けると、ムッと莨《たばこ》の煙の匂いがこもる土間の向こうに、畳の部屋がある。

土間の隅には、刺又《さすまた》や突棒《つくぼう》などが立てかけられ、殺伐《さつばつ》たる雰囲気だった。声をかけようとして、土間の上がり框《かまち》の外《はず》れに、お目当ての人物が腰掛けているのが目に入った。

「おう、来たか」

勝次は、驚いたふうもなく言って、煙を吐き出した。

「いや、居てくれてちょうど良かったです」

「なに、待ってたんだ、必ず来ると思ってな」

「それはどうも。実は親分に折り入って話が……」

「ああ、それなら奥で聴こう」

勝次は立ち上がり、煙管をコンコンと叩くと奥の座敷に案内した。

六畳ほどの殺風景な部屋だが、開け放った縁側から風が入って来る。

煙草盆を挟んで勝次と向き合うと、谷斎は落ち着いた。

工房に突然現れた岡っ引から簪を見せられて、まだ二日め。

だが遠い道のりを歩いて来たようで、随分と時間が経ったように思われた。こうするしかないと思い決めてからは、あれこれ悩んだのが、嘘のような気がする。

「実は昨日、この谷斎、親分さんに嘘偽りを申し上げちまってね。どうもすまんことです」

と頭を下げた。

「本当のところは、あの簪を渡した女のことを、どうにも思い出したくなくて……と言っても、忘れるに忘れられぬ厄介な相手でしてね。つい、苦し紛れに……あんな嘘をついたってわけで」

ここで勝次に一喝されるだろうと覚悟したが、親分は煙管を口に咥《くわ》えて、先を促す仕草をした。

谷斎は、おみやとの馴《な》れ初《そ》めから破局までのすべてを、包み隠さずに、淡々と語った。今さら気取っても仕方ない。

時折頷きながら、勝次は言葉を挟まずに聞き入っている。

口にするのが最も辛かったのは、去年の秋口だったか、人形町《にんぎようちよう》の神社の秋祭りの雑踏で、チラとおみやらしい姿を見かけたことだ。

向こうも気づいて、一瞬嬉しげな表情を浮かべたようだったが、谷斎は反射的に人混みに紛れた。赤羽織を着ているのが、わけもなく恥ずかしかったのである。

あの真面目な角彫りの惣蔵が、真っ赤な羽織を着ているのを、何と思うか。その羞《しゆう》恥《ち》に耐えられなかった。

「……そんなこんなで、あたしにはどうも、負い目もありましてな。ただ、あの簪を最後までつけていてくれたことが、何というか……彫り師冥利《みょうり》に尽きます。おみやは、どうやら婚家と折り合いが悪いらしいが、いつまでも身元不明じゃ可哀想そうだ。そう思いまして、こうして参ったような次第でして」

「………」

勝次は頷いたが、何とも言わない。

「偽りを申した咎《とが》には、存分にご処分しておくんなさい」

「うむ、話は分かった」

煙管を煙草盆に打ち付けて、何か考えている。

谷斎は、おみやと会わしてほしいと言いたかったが、うまく切り出せない。日ごろの口達者が嘘のようだ。

「話は分かったが、それだけであの女が、おみやかどうか決められねえ」

と勝次はおもむろに言った。

「おみやが途中でそれを手放したか、盗まれたかして、他の女の髪に挿されていたかもしれねえ」

なるほど、理屈ではそうなるだろう。その女がおみやでなかったら、どんなに気が楽かと思った。

「で……、その女の顔を実際に見て、おみやかどうか確かめてもらいてえんだよ」

「はあ」

浮かぬ顔ではあったが、本当は願ってもないことだった。

「まあ、あんたには辛いだろうがな。奉行所の上の方に根回しして、段取りはつけておく。近々に連絡するから、小石川《こいしかわ》の養生所まで出向いてもらおう」

と有無を言わさぬ調子である。

谷斎は思いもかけぬ展開に、興奮を隠せなかった。

八

小石川の養生所は、八代将軍吉宗《よしむね》の時代に、幕府が貧しい人々のために立ち上げた医療施設である。

あれから三日ほど経った昨夜、勝次の使いがやって来て、この日の昼八つ（二時）に養生所の正門前で待っているよう伝言してきた。

その通りに出向いて来たが、門前に誰の姿もなく、蟬の声に包まれていた。

じりじり照りつける午後の陽差しを浴びつつ、

（出来ることならこのまま逃げだしたい……）

と思っていた。正直なところ、変わり果てたであろうおみやには、会わずに済ましたかった。

だがそれは許されないこと。おみやを見捨てたかもしれぬ自分の振る舞いを、償《つぐな》わなければならないのだ。

「済まん、済まん」

と詫びながら、養生所の玄関から走り出て来た勝次は、いつになく低姿勢だった。

「なかなか上に通じなくなってな、前はもっと楽だったんだが」

段取りに手間取ったらしく、勝次は愚痴《ぐち》をこぼし、汗を拭いた。

「じゃ、行くか」

と先に立ったが、どうやらおみやは一般病棟ではなく、離れの病室に隔離されているらしい。

「しかし、親分さん」

歩きながら谷斎は、かねてからの疑問をぶつけてみた。

「嫁入り先の恵比寿屋は、どうしてるんで？　あちらにはまだ連絡がついてないんですか」

「ああ、それなんだがな、実は……」

と勝次は少し言い淀み、

「もちろん当たってはみたんだが、家族と連絡が取れん。尾張町の店には別人が住んでおってな。どうやら半年前に一家がバラバラになったらしくて、行き先が摑めんのだ」

「えっ、そ、それはまたどうしたんで？」

「若旦那の女道楽が過ぎたんだよ……。花魁を身請けするのしないので家と揉め、挙句にたちの悪い遊び仲間に金を借り、二進《にっち》も三進《さっち》も行かなくなったらしい。ま、災難だな」

柳橋に伝わってくる噂より、現実の方がはるかに進んでいて、ついに最悪の結果を迎えたらしい。

谷斎は暗澹《あんたん》たる思いで、足が重くなったが、勝次は意外に人情家らしい。

離れの病室は、四畳半の小部屋で、隣に台所と手水場《ちょうずば》がついている。

土間に立って、勝次が戸口の障子を開けると、中年の女の看護人が顔を出した。

「どうだい、様子は？」

「さあ変わりませんね、食事もほとんど取らないし」

首を傾《かし》げる看護人の向こうに、布団が敷かれ女が横たわっている。

「そうか。今日は面会人を連れてきたんだが……」

と、呆然と立っている谷斎を省りみた。

「親方、この病人のツラをよく険《あらた》めてくれ。かなり面変《おもが》わりしてるから、名を呼んだりして、反応を見ることだ。もう少ししたら迎えにくる、じゃ、頼んだぞ。わしは向こうの病棟にいる」

と、言い置いて、看護人を促して二人で立ち去った。

土間から四畳半に上がると、薬草の匂いがツンと鼻に来た。

布団の中で、上半身を見せて天井を眺めている女を見て、谷斎はたじろいだ。これがおみやか？

じっと見ていると、骨と皮ばかりで膨らみがない顔の中から、おでこの形、長い睫毛、形の良い唇、顎のホクロ……と見知った造作が立ち上がってくる。

愕然とした。おみやに違いないのだ。

「みや、俺だ、惣蔵だよ」

と話しかけたが、声が掠れた。

「みや、俺が分からんか、目を覚ませ！」

大声で繰り返したが、中空に据えた目は虚ろで動かない。

どうやら、これは芝居ではなさそうだった。

大川の水の中でいったん呼吸が止まったため、脳の一部がやられて、記憶も知覚も失われてしまった……という医者の見立ては、どうやら間違いないかもしれない。

いたたまれず、立ち上がろうと腰を浮かしかけた。

その時、おみやの口が微かに動き、何やら言葉が漏れたようだが、よく聞き取れない。

「え、何だって？　みや、もう一度言ってごらん」

驚いて谷斎は声を上げた。

おみやの目が少し動いた。そして首をゆっくり動かして谷斎を見たが、その目は虚ろで、〝惣蔵〟だと認めてはいない。

ただ、その視線が、縁側の方へ向かっているような気がする。

「開けてほしいのか？　そうか、暑いんだね」

そういえば縁側の障子は締めきられ、室内は蒸し暑かった。病人の体温を気遣って、締めきられているのだろう。

谷斎は思い切って、縁側の障子を開けてみた。

その途端ハッとして、外の景色に目を奪われた。板戸は開けられていて、その向こうには、丈の高い花が一面に咲いている。

黄色の大輪の花を太陽に向けた、〝向日葵《ひまわり》〟である。

丈が伸び過ぎ、花が大き過ぎ、太陽に向かって臆面《おくめん》もなく咲くので、嗜《たし》みのない下品な花とされ、一般には人気がなかった。

だがここは養生所だから、薬草園に様々な薬草を育てているのだろう。向日葵の種は栄養がある、と聞いたことがある。

そうだ、そういえばおみやが言ったことがあったっけ。いつか簪に、向日葵を彫ってほしいと。

そう頼まれたのを、すっかり忘れていた。

「みやは、向日葵が好きだったね!」

谷斎は夢中になって縁側から外に裸足《はだし》で飛び出し、そばにユラリと咲く一輪を折りとった。

それを手に布団に戻り、おみやの髪に飾るように置いた。

「ほら、お前の好きな花だよ！」

畜生！　と思う。花を覚えていて、なぜ自分を覚えていないのか。

病人に触れてはいけない、という看護人の忠告を吹き飛ばし、谷斎はやおらおみやの右手に花を握らせ、その手の甲に、

「そ、う、ぞ、う」と人指し指で文字を書いた。

「す、き、だ」とも書いた。

二人が愛し合っていたころ、口では面映《おもはゆ》くて言えぬ言葉を、そのように書き、伝達し合っていたのである。

根気よく何度か繰り返すと、おみやの身体に電流が走ったようだった。その目は、谷斎の顔を見つめて、何か思い出そうとしている。

長い睫毛の下のその目に、無心なおみやの魂が宿ったようだ。

目には光がさし、目の前に〝惣蔵〟を見ている。やがてその目から、一滴の涙が溢れ、続いて次から次と大粒の涙がこぼれ落ちた。

谷斎は懐から手拭いを出し、その涙を拭き続けた。蟬の声に混って、足音が近づいてきた。

（あら、あの人はまさか……）

綾は柳橋の袂で足を止めた。

いつもの札差《ふださし》へのお使いの帰り道、橋の向こうの通りに、何か赤いものがちららしている。

柳橋で赤いものと言ったら、赤羽織の谷斎しかいない。

あの足取りは、たいそうな千鳥足としか見えないが、まだ夕暮れまでは間があった。

一体どうしたのだろう。

「どうしました、宗匠、大丈夫ですか」

小走りに駆け寄って、通りに崩れ落ちそうな赤羽織を支えた。

「やあ、篠屋の綾さんか、とんだところを見られました……」

「どこかで休んで、酔いを覚ました方がいいわ」

辺りを見回すと、ちょうど近くの茶店の縁台が空いている。

「ほら、そこまで頑張って」

と、なんとか縁台に、腰を落ち着けさせる。

顔見知りの店の女中に、水を一杯もらって飲ませると、やっとしゃんとしたようだ。

「すまない、綾さん……」

「いいえ、ちっとも。だけど、谷斎さんにしては珍しいですね」

「ははは……太鼓だってさあ、心底酔っ払いたい時もあるんでさあ」

と谷斎は怪しいロレツで言い、笑っている。

「何ね、知り合いの女が死んだんで、これはお浄《きよ》めさ」

おみやはあれから昏睡状態に陥り、二日後に死んだのだ。

そのことを数日後の今朝知らされ、すでに葬られたという回向院《えこういん》の無縁塚に詣でた帰りだった。無縁塚には、誰が手向《たむ》けたか、向日葵の花が一輪、萎れていたっけ。

いつもは太鼓持ちの仮面で隠している素顔を、チラと垣間見《かいまみ》たようで、綾はそれ以上は聞けなかった。

「あ、そうそう綾さん、こんな男の所にも、ガキが生まれるそうでさ」

いきなり谷斎は言った。

「まあ、それはおめでとうございます」

「なに？　生まれてくる子が可哀想だって？　ははは、せめて名前だけは立派にしようと、公方《くぼう》様の字を一字頂いて、徳太郎《とくたろう》と名づけますわ」

「ああ、良い名前ですね。きっと立派な子に育ちますよ」

「こんな父親に似ないことを祈りたいね、ははは……じゃ、あたしはこれで……」

言って立ち上がり、いくらかマシな足取りで歩き去っていく。

立ち止まって見送る綾には、どうもその後ろ姿の赤羽織が、泣いているように見えて仕方がなかった。

谷斎とお庸の子はこの年、大政奉還《たいせいほうかん》のあったあとの暮れに生まれ、徳太郎と名付けられた。

徳太郎は長じて作家を志し、『金色夜叉《こんじきやしゃ》』などの名作を発表して、明治の文豪・尾《お》崎紅葉《ざきこうよう》となる。

だが紅葉は父が幇間であるのを深く恥じて、〝赤羽織の谷斎〟と呼ばれて有名だった父親のことを、周囲に一切明かさなかったという。

第三話　帰りなん、いざ

一

若侍らが胴間声《どうまごえ》を張り上げ、手拍子で唄い騒いでいる。

花火は中止になったものの、大川《おおかわ》に面した柳橋の酒楼『月下楼《げっかろう》』は、涼《りょう》を求める人々で満室だった。

陽は沈んだが外はまだ薄明るく、開け放した窓からは、一日中鳴いてもまだ鳴き足りぬ蟬の声が、ジイジイジイ……と勢いよく流れ込んでくる。

馬子唄《まごうた》で盛り上がっていることからして、どうやら侍たちは、小諸《こもろ》藩士のようだ。

〽　小諸出て見りゃ　浅間《あさま》の山に
けさも三筋の煙立つ……

と一番を一人が唄い終えると、次の誰かが、

〽小諸出抜けて、からまつ行けば、松の露やら涙やら
と二番を唄い継ぐ。

そして三番の、このお城はめでたいお城……と続いて、皆の大合唱となる。

慶応三年（一八六七）も半ば、六月の夕暮れ時だった。

上座で機嫌よく盃をあけているのは、隊長と呼ばれている、眉の濃いいかにも育ちの良さげな凜々《りり》しい若者だ。

「おい、まだか」

と、そばに控える隊士が、酌をする女中にしきりに催促していた。どうやら隊長の名指しの芸妓が、なかなか現れないのだ。

その芸妓はお葉《よう》といい、贔屓《ひいき》筋の舟で出かけたが、帰りの時間がはっきりしないという。

「本人に話は通じておるな？」

と隊士は、ぎょろりとした目に力を込めて問いかける。

「はい、もちろんでございます」

「これだけ頼んでも、戻ってもらえんのか？」

「はあ、申し訳ございません。何ぶんにも遊覧中でございまして……。でも、船頭の耳には入れてございます。何しろあちらのお客様には、早くからご予約を頂戴しておりまして」

弁解にこれつとめるのは、女中頭《がしら》のお滝《たき》だった。

お葉を乗せて遊覧中の客は、この界隈《かいわい》でも名高い筋金《すじがね》入りの粋人《すいじん》で、去年の夏からの予約である。引きかえこの小諸藩士と思《おぼ》しき若侍らは、初めての客、昨日今日のポッと出の田舎《いなか》侍ではないか。

お葉の指名は、その評判を聞いてのことだろう。

こんな輩《やから》にごねられても、おいそれと予定を変えるわけがない。芸妓に来てもらいたければ、ちゃんと予約をお取り――。

と一歩も譲らないのが、二十年このかた柳橋で女中を務めて来たお滝の、商売魂である。

「しかし江戸はつまらんな」

初めは鷹揚《おうよう》に構えていた隊長も、だんだん不機嫌を募らせ始めた。待てど暮らせどお目当ての芸妓はやって来ないし、酒は回って来て、堪《こら》え性がなくなる。

「西京《にしぎょう》の妓は、馴染みの客が呼べば……他席を断って飛んで来るぞ。江戸では、どうしてそれが出来んのだ」

鉄扇《てっせん》をひねりパチンと鳴らして、険悪な口調で言う。

お宅様はお馴染みじゃございませんから、と言いたいところ、申し訳ございません！　と謝ってみせる。

「でもお言葉でございますが、お武家様。何ぶんにも船遊びでございまして、いったん川に出ると、なかなか引き返すわけにも参りませんで……」

さすがにお滝も、さらに続けた。

「あちらのお客様も、お馴染み様でございますし。それに東と西では、土地柄《がら》が違えば、流儀も違いましょう」

そこまでくると、がぜん口の滑《すべ》りが良くなった。

「江戸の……特に柳橋の芸妓は、気性が真っ直ぐで、内緒ごとが下手《へた》でございますよ。西京のお人と違って、口も上手《うま》くはございません、見えすいたお上手《じょうず》でお客様を……」

「女め、うるさい！」

隊長はやおら京焼《きょうやき》の大盃を手にするや、お滝めがけて投げつけたのである。

狙いは外れて燈台に当たり、カシャンと盃の割れる音と、燈台の一つが倒れる音がして、灯りが消えた。

暗闇に紛《まぎ》れてお滝は身を翻《ひるがえ》したが、隊長は腹の虫が収まらなかったのだろう。なお女を追う気で片膝立ちになり、刀を抜こうとした。

「隊長、それだけは……」

「お止《や》めください！」

前から後ろから抱き止められて、一瞬で酔いが冷めたものか、隊長は抜きかけた刀を鞘に戻した。

階段を転がり下りたお滝は、下でやきもきして聞いていた板前や女中らに取り囲まれ、

「やれ、まあ、この首が飛ぶところだったよ」

と上気した顔で言い、手でパタパタと首もとを扇いだ。

「無理難題を吹っかけた挙《あ》げ句《く》、刀を振り回すなんて……。このごろのお侍は、乱暴者ばかりだ」

「シッ、姐さん、声がでかいよ」

「いえ、しゃくに触《さわ》るんだよ。あたしゃ、十五のころから柳橋に出てるけど、凜々し

くて立派なのは、会津《あいづ》のお侍だけさ。あとはそこそこ、西の方から来るお侍は田舎っぺいばかりさ」

「なに、あとで帳場で、お代を二割増しして貰えばいい」

と誰かが声を潜めて言い、お滝はさすがに我に返った。

「ええ、もちろんさ。あたし、ちょっと風に当たって、頭を冷やして来るよ」

と言い置いて、プイと出て行った。


綾は、大川べりに立って、残照《ざんしょう》も消えた東の空を眺めていた。

暗い中に、真っ白に浮き立つちぎれ雲が、もくもくと量感豊かに流れていく。その一片ずつが動物の形に見え、馬が、犬が、鼠《ねずみ》が、鯨《くじら》が……一列に並んで、北へ流れて行くのだ。

どこへ行くとも知れず、いつ消えるとも知れぬこの雲の行軍《こうぐん》に、綾は心を奪われた。夏の夕空にたまに見かけることがある。

思わず見とれていると、背後から声がした。

「綾さんじゃない」

ハッと振り向くと、お滝である。

「あら、お滝さん。どうしたの、こんな時間に……」

綾は船宿『篠屋』の女中、お滝は料亭『月下楼』の女中頭《がしら》で、お互いに目の回るほど忙しい時間帯のはずだった。

「あんたこそ、どうなのよ」

言われて綾は首をすくめ、涼しげに笑った。

「矢之倉《やのくら》まで行った帰りだけど、急いだら汗が止まらなくて」

「あんたは汗かい、こっちは冷汗だよ」

とお滝はむっつりと言い、汗を拭くふりして涙を拭いた。

（まっ、お滝さんが……）

どうしたのだろう、と綾は肝《きも》が冷えた。いつものがらっぱちなお滝ではない。何かあったに違いないが、気がつかぬふりをして、黙ってその顔を眺めた。

「なに、風に当たったたって、冷汗は引きゃァしないよ。綾さんは、お侍に斬られそうになったことある？」

「まあ、どうして。お滝さんでも、そんな目に遭うことあるの？」

お滝は三十半ば。いささか太めで、美人とは言えないが、広いおでことよく動く口元に愛嬌《あいきよう》があった。

気さくな性格だったから綾とはウマが合い、たまに顔を合わせると、遠慮のないぶっちゃけ話に花が咲く。

「どうもこうもない、ただもう息が止まりそうになって……」

と汗を拭きつつ、つい今しがたの騒ぎを、一気に喋った。

隊長ご指名のお葉は、去年の冬に、向島《むこうじま》から柳橋に住み替えた芸妓で、歳のころは二十二、三。目元の涼しい愛らしい別嬪《べっぴん》だった。

踊りや三味線も抜きん出ていたから噂になり、すぐあちこちからお呼びが掛かるようになったという。

「芸妓に振られたくらいで刀を抜くなんて、そのお侍、どこかのひょうろく玉の腑抜《ふぬ》けに決まってるよ」

と綾が慰めるように言うと、幾らか溜飲《りゅういん》が下がったものか、

「……そうだよね」

と何度も頷いた。

「ふふん。ま、今日は運が悪かったってこと。さあ、そろそろ戻らなくちゃ大変……」

とお滝はゆっくり歩きだし、ふと思い出したように言う。

「あ、今日の船は篠屋さんだったね」

今、お葉を乗せている船は篠屋の納涼船《のうりょうせん》で、七つ（四時）ごろに月下楼の河岸《かし》から、漕ぎ出して行ったのだ。

「ああ……そうそう、船頭は勇作《ゆうさく》だね、遠出するって言ってた。若いから馬力があるし、美人芸妓を乗せて張り切ってたわ」

お滝は頷いて、何か物思いにふけるふうである。それきり二人は黙って歩き続け、柳橋のたもとまで来た。

町はすでに薄闇に沈みかけ、軒提灯《のきぢょうちん》の灯りが輝いている。

「じゃあ、お互い、せいぜい励みましょ」

と二人は笑って言い合い、別れた。

橋を渡っていくお滝を見送ると、綾は佇《たたず》んだまま、しばらく空を仰いだ。もうあの動物の形は崩れていたが、白いムクムクした雲の群れは、まだ北へ向かって進んでいた。

二

それから二日後のことだ。

お茶の盆を帳場まで運んで行った綾は、襖の手前で佇んだ。

「……お葉さん、意地悪されたんですよ」

襖《ふすま》越しに聞こえて来るのは、女髪結《おんなかみゆい》の声である。お簾の髪を結い終えてから、二人でヒソヒソと喋っているのだ。

「そのお武家さんはね、前の日に月下楼にお座敷を申し込んで、お葉さんを指名したんだって。でも先約があるって断られ……。ちょっと顔を見せるだけでいいから、と譲歩《じょうほ》したんで、それならって月下楼側も手を打つことになったそうですよ」

「へえ、ご執心ね」

「でもお葉さんには、それが伝わってなかったんだって。たぶん、伝えなかったんですよ」

お葉は住み替えて、半年そこそこで売れっ妓になったのだ。何年経っても売れない芸妓や、浮いた噂もない淋しい女も少なくない。そんな中、お葉ばかりが一人勝ちである。それを妬《ねた》んだ誰か……たぶん元締のお滝が手を抜いたのでは、と髪結は匂わせているのだ。

「そう？　信じられないねえ」

お滝はガミガミ怒鳴るし、狡賢《ずるかしこ》いところもあるが、意地悪するような陰気な女ではなかった。そこへ綾が入ってお茶を出し、台所に引き上げた。

戸を開け放ち、火を使わない時の台所は、ひんやりして心地いい。その上がり框で、一人黙々と遅い朝飯をとっている船頭がいた。

勇作と気づいて綾は、冷たい湯冷《ゆざ》ましを出した。

「ねえ、勇さん、例のお葉さんにフラれたお武家様、結局、横車を押して、黙って引き下がったわけ？」

「いや、番頭さんが平身低頭で謝って、幾らか包んだらしい」

「お葉さんは、お武家様が来るってこと、本当に知らなかったの？」

「さあ、あの姐さん達は狐《きつね》だからね。知ってても知らないって言うし、知らなくても知ってるフリをする。ただ、うーん、お葉さんは知らなかったんじゃねえのかい」

勇作は一気に湯冷ましを啜《すす》って、茶椀を置いた。

「初めから遠出と言ってたから。おれも、誰からも何も言付《ことづ》かってなかったしね」

「そう……」

だがお滝はあの時、船頭にも伝えた……と言ったように思う。しかし伝わっていなかったなら、伝えなかったのだろう。そこにお滝が関わっていた余地はある。

騒動を起こす。

たぶん何らかの事情があって、お葉を武士に会わせたくなかったのでは……。土手で泣いていた姿が浮かび、何があったかと綾は怪《あや》しんだ。

その時、勝手口まで髪結を送ったお簾が、結い上がった髪を心地良さげに小指で梳《す》きながら、そばまでやって来た。

髪油の匂いがぷんと漂った。

「綾さん、明日だけどね、ちょっとお座敷に出ておくれでないか」

「えっ」

思わず気色《けしき》ばむ。またお簾の気まぐれが始まった。綾は、お座敷には出たくないから、下働きの女中として安い給金に甘んじている。それなのに時々お呼びが掛かって、酒席に出されることがあった。

「あの、どういうことでしょう」

「あら、何なの、その見幕《けんまく》は」

お簾は切れ長な目を吊り上げて、わざと睨むフリをした。

「今回だけだよ。小諸の大店のご主人が見えるんで、あんたに出てほしいの。難しいことは話さなくていいんだから」

「ああ、山吹屋《やまぶきや》さん……？」

小諸と聞いて、綾が反射的に思い浮かべるのは〝山吹味噌〟だ。

このころ信州味噌は江戸に広く普及しており、中でも山吹屋は、信州きっての味噌・醤油醸造業で、篠屋でもこれを使っている。

当主の小山久左衛門《こやまきゆうざえもん》は、藩御用達《ごようたし》の商人であり、その名前は世襲だった。

「ええ、そう」

とお簾は頷いた。

「うちの古いお馴染みでね。先代の山吹屋さんは、江戸に出て来ると、よくうちに見えたもんなの。うちの旦那様と将棋《しょうぎ》仲間で、一局指すと、二人で舟で吉原《よしわら》へ繰り出したもんよ」

「はあ」

「でも明日見えるのは先代じゃなく、今のご当主の久左衛門さん」

小諸藩がらみとすれば、先日のあの騒動と関係あるのかな、と綾はぼんやり思い巡らした。

そんな心中《しんちゅう》を読み取ったように、お簾は続けた。

「一昨日、月下楼で騒ぎを起こしたお武家さんね、志村伊織《しむらいおり》様ってお方で、ご家老のご子息だそうだよ」

「へえ」

「へえじゃない。そのお方もお見えになるんだよ。今は御用人で、お馬を許され、お使番《つかいばん》としてよく江戸に来られるそうなの」

「つまり藩御用の商人が、家老のご子息に一献《いっこん》差し上げるってわけで……」

「ま、そんなところだけど、ちょっと」

とお簾は綾を目で招いて、帳場に消えた。

あとを追って綾が帳場に入ると、お簾は長火鉢の前に座り、火箸でしきりに煙草《たばこ》用の埋火《うずみび》を探している。

「その伊織様はね、小姓《こしょう》上がりのお坊ちゃん育ちで、おっとりしてるけど気が短いんだって。この世間知らずの若大将が、最近、若い藩士を集めて何かと世間を騒がせてるから、ちょっとお説教をするらしい」

とクスクス笑った。

「では……芸妓さんはどうなさいます」

「芸妓はもう手配済みだよ。例の噂のお葉さん」

「えっ、噂の……？」

胸がときめいた。

「あら、うちにはもう、二回来てもらってるんだよ」

「まあ、気がつきませんでした」

「あの伊織様直々《じきじき》のご指名なんだって。でも、あんな事があっちゃ呼びにくい。だから、お出入りの山吹屋に頼んだみたいね。ま、うちは月下楼さんと違って、あんな手違いはないよ」

とお簾は鼻で笑った。

「お葉さんがどんなに売れようと、お盛んであろうと、あたし達は知ったこっちゃない。お商売なんだから、余計な勘ぐりは禁物だよ」

「はい」

お簾は煙管《きせる》の先で火を吸い付け、ふうっと吐き出して続ける。

「お部屋は、一階の奥座敷にしておくれ。あそこを使うよう、旦那様に言われてるから」

「はあ」

夫婦仲の良くない富五郎《とみごろう》に、ちゃんと相談しているのである。

「旦那様はお帰りになるんですか？」

「先代なら飛んで帰るところだけど。今のご当主はなかなか進んだお方で、出来ぶっらしいけど、どうも話が合わないらしくて」

翌日、やっと夕暮れて涼風が立ち始める頃合い、お葉は箱屋《はこや》を従えてスッと裏口から入って来た。

ほっそりした身体に纏《まと》っているのは、質素だが粋《いき》な乱堅縞《らんたてじま》の着物である。左褄《ひだりづま》を取った裾に覗く素足が涼やかで、なかなかの色気を放っている。

「おねえさん、招《よ》んでくれて有難うございます」

帳場の前に跪《ひざまず》いて挨拶するお葉の声は甲高く、一筋の活気をこの家に吹き込んだ。

台所にいた綾は、その声で急いで出て行き、

「今日のお座敷は、二階でございます。ご案内致します」

と先に立って歩きだす。

中庭に沿った縁側は、ところどころに蚊遣《かや》り火を燻《くす》ぶらせながら、奥に続く。夕闇を濃く溜めた緑濃い樹木が立ち並ぶ辺りから、ジイジイと蝉の声が流れてくる。

奥座敷の障子は開け放たれていて、川からの涼しい風が、反対側の庭へと座敷を吹き抜けていく。そのたびに、軒下に吊るした風鈴《ふうりん》がチリンと音を立てた。

座敷にはすでに二人の客が着座していて、盃を交わしていた。

綾はすでにこの客の風貌と、名前を、頭に叩き込んでいる。

床の間を背に座っている、眉濃く色が浅黒い若武者ふうの武士が、

(あのお滝さんをいじめた、家老の令息ってわけね)

お使番として小諸城下から北国《ほっこく》街道、甲州《こうしゅう》街道と抜け、江戸浜町《はまちょう》の藩邸までやって来る。江戸にはおよそ一月《ひとつき》ほど滞在し、様々な情報を入手して国元へ帰る。

それを年に何度か往復しているという。

伊織の前で、芸妓の席と向かい合う形で座っているのが、現当主の山吹屋久左衛門で、今日の世話人だ。

四十前後の恰幅《かっぷく》のいい偉丈夫である。伝統の味噌作りの傍ら、横濱《よこはま》に出向いて、綿糸・生糸の輸出入に乗り出している遣《や》り手だとか。

「お葉さんが見えました」

綾は縁側にしゃがんで簡潔に言い、お葉を座敷に送り込む。

縁側から、畳に踏み出した白い素足が、綾の目に焼き付いた。

甘く、やや高調子のお葉の挨拶の声を耳にしつつ、客の膳の上に目を配る。空《から》になった徳利を見つけて盆に下げ、厨房に戻ろうとした時、山吹屋が志村を紹介し、自らも名乗った。

三

お葉は正座して、いちいち頷きながら聞いている。綾はお盆を持って座敷を下がり、新たな徳利を運んで来た。

座敷ではお葉の自己紹介が終わったところらしい。

「ほう、向島から柳橋に住み替えたと」

と山吹屋が頷いて、興味ありげに訊いていた。

「しかし向島もいい所だろうに、なぜこちらへ?」

「はい、向島は桜が大変美しい所でございます。でも柳橋は、子どものころからの憧れでございましたから」

「なるほど。手前どもにも柳橋は憧れの町でな。さぞや柳腰の美女がぞろぞろおる町だろうと。はっはっは……」

と山吹屋は志村に盃をすすめながら、豪快に笑った。

「伊織様、柳橋は如何《いかが》ですかな」

「………」

伊織は寡黙な若者らしく、何とも言わず、笑いもせずに、ただじっとお葉を見据えている。

だがその顔は血の気が引いているのか、妙に白っぽく乾いていた。

その伊織が、おもむろに口を開いて、いきなり訊いたのだ。

「そちがお葉に間違いないか？」

「はい、お葉にございますが……」

お葉は涼しげな目を上げて、怪訝《けげん》そうに伊織を見た。

「先日は、まことに申し訳のうございました。申し送りに少し手違いがございまして、お客様のご希望に添えず……」

としなやかに両手をついて丁寧に詫びる。例の件を責めていると思ったらしい。

「いや、それはいい。お葉とは本名か？」

「はあ」

「ふむ。生まれは？」

「本所《ほんじょ》でございます」

「母御《ははご》は？」

「母は……踊りを教えておりましたが、四年前に亡くなりました」

「ほう、亡くなった……。その母御の名は？」

「…………」

あまりに矢継ぎ早な質問に、お葉はさすがに不安げな表情で、伊織を見返した。そばで聞いている綾もまた、こんな初対面の酒の席で何故そこまでと、妙に思った。

「母は力《りき》と申しますが……」

「お力……か。どんな人だ？　そなたに姉妹はおるのか」

「いえ……」

お葉は、青ざめた顔を小さく振った。

すると伊織は何を思ったか、思いがけない行動に出た。やおら立ち上がるや、飛びかからんばかりにお葉のそばに寄り、片手でその襟を掴んでグイグイと揺すったのだ。

「お前は何者なんだ、名を名乗れ！」

お葉は驚愕したように目を見開き、手にした盃を取り落とした。

「名は申しました……」

「私を騙《だま》すことは出来んぞ。女狐《めぎつね》でなければ、名もあろう」

「な、何を仰《おお》せでしょうか？」

「お前はお葉ではない、そう申しておる。ならば何者なのだ？」

「…………」

「あくまでシラを切る気なら、この志村伊織、斬って捨てねばならぬ！」

「もし、志村様……」

と突然声を上げたのは、そばにいた綾である。

女中の分際で余計な口出しはお止《や》め、という耳の奥に聞こえるお簾の声を振り切って、やおら畳に手をついていた。

このお方が、月下楼で刀を振り回し、お滝を泣かせた凶暴な武士であると思うと、いつ刀を抜くか不安でならなかったのだ。

伊織は気勢をそがれ、面食《めんく》らったように綾を見た。

「ここはこの通り、ただの船宿でございます。どうか、まずは……お気に入りの御酒《ごしゅ》で、お寛《くつろ》ぎなさってくださいませ」

「そう、この者の申す通りですぞ」

とこの時、それまで黙って見ていた山吹屋が、割って入った。

「そもそもお葉という名は、そう珍しい名前じゃないでしょう。柳橋に芸妓が何人おるか知らんですが、一人とは限らんのだし」

笑いを含んだ穏やかな口調に、伊織はふっと肩の息を抜いた。

「済まなかった……。私は根が田夫野人《でんぷやじん》なんで、カッとなるとつい素地が出てしまう。よし、しきり直しだ」

と意外に神妙に謝り、席に戻って行く。

お葉も襟元を直し、青ざめた表情で座り直した。

「さ、お葉、伊織様もそう言っていなさる。気分を変えてもらいたい。お女中、お前も一杯飲め」

と山吹屋はくだけた調子で座を盛り上げ、綾にも盃を勧めた。

綾は手を振って断ったが、何となく裏の事情を悟った。伊織はどうやらお葉から何かを聞き出すため、一芝居《ひと》打ったのではないか。

山吹屋はそれを心得て、口裏を合わせたに違いない。

そうとも知らず、ムキになった自分が恥ずかしかった。

席に戻ってからの伊織は、思いがけないほど神妙だった。

「手荒なことをして、許されよ。実は少々、事情がござってな」

と酒が満たされた盃をあおり、おもむろに言いだしたのだ。

「これから話すが、あまり自慢できる話ではない。まあ、酒を呑んで聞いてもらいたい」


半月前に江戸入りした伊織は、本所の下屋敷を宿として、浜町《はまちょう》の上屋敷に通《かよ》って政務についた。

だが暇を見つけては、神田《かんだ》お玉ケ池《たまがいけ》の玄武館《げんぶかん》に寄って、北辰一刀流《ほくしんいっとうりゅう》の腕を磨くのも忘れない。

夕方には、十数人の若い藩士を率いて大川河畔を巡回した。

伊織の父は小諸藩の次席家老で、佐幕《さばく》派の旗頭《はたがしら》の一人だった。この父に準じ、自分も徳川恩顧の忠臣として、最後まで戦うのが当然と考えていた。

ただ小諸藩は昔から、お世継ぎを巡って内紛の絶えない、厄介な藩だった。つい現在まで、兄君牧野康済《まきのやすまさ》を推す派と、その弟君の進之助《しんのすけ》を推す派に分かれ対立していたのだ。

本藩長岡藩《ながおかはん》の調停で長男が藩主に治まり、解決したが、今はそのしこりに乗っかって佐幕派と倒幕派が敵対している。

若い伊織には、代々続くこの現実をどうすることも出来ない。

だがどこの藩でもやっているように、不穏な江戸市中の治安・警備を買って出て、両派の若者を統一する形で〝小諸隊〟を結成し、気炎をあげていた。

夕方と夜、丸に三つ柏《かしわ》の家紋《かもん》を染め抜いた鉢巻を締め、大川端を練り歩く。物見高《ものみだか》い江戸の人々が振り返り、称賛の視線を浴びることが、小諸藩士として誇らしかった。

そんなある夕方――。

隊はいつもの道順通り、灯りの灯った柳橋に蔵前方向から入り、艶めいた花街《かがい》を一巡して橋にかかった。

その時、反対方向から、芸妓らしい女が橋を渡って来るのが見えた。

涼しげな藍色の絽《ろ》小紋は地味だが、夕化粧した白い顔は華やいで、宵闇に浮かんで咲く夕顔のようだ。

遠くからその姿を見た時、伊織はドキリと胸を打たれた。

あまりに可憐なその姿は、藩邸暮らしに馴染んだ日常の殺伐さを思い出させる。柔らかさやしっとりした潤いのない日常、女っけのなさ。そんな欠如だらけの青春が、どこか切《せつ》なかったのだ。

さらに女の顔は、伊織にとって忘れ得ぬ女を思い出させた。近づいて来るにつれ、どんどんと似て来るような気さえした。

夕闇のせいでそう見えるとはいえ、涼しげな大きな目や、ほっそりした物腰は、四年前に自分の元を去った恋人の姿を、ありありと目に浮かばせた。

近づくと女はわずかに速度をゆるめ、微《かす》かに会釈したが、伏し目で、決してこちらを見ようともしない。カタカタカタと軽やかな下駄の音をたてて、一瞬のうちに行き過ぎていく。

幻を見たように呆然と佇む伊織の横を通り過ぎる時、甘いしっとりした香りが鼻先を掠めた。その香りまでが、恋人のものだ。

釣り込まれるように思わず振り返る。

するとそれを見た後続の隊士が追いついて来て、言った。

「隊長、一句出来ました！　宵闇や鬼も見返る美人かな……」

馬鹿者！……と一喝したい思いに駆られた。が、この隊士は、戯句《ざれく》を詠《よ》んだりして面白がりたいだけの、今どきの若者だった。

伊織はわざと落ち着いて咳払いし、普通に言った。

「ま、平凡だな、誰でも詠める」

実は伊織自身、あの女にお葉を重ねたのは、〝夕闇〟のせいだろうと思ったのだ。若い女が黄昏時《たそがれ》に薄化粧すれば、大抵はあのような美人に見えるだろう。まして別れて四年も経っていれば、美女の誰もがお葉に見える。

するとその時、柳橋の事情に詳しい別の一人が言った。

「あれが、近ごろ柳橋で売れっ妓の〝お葉〟ですよ。そのうち美人画になるなんて噂もあります」

「お葉？」

伊織は思わず声を高めた。自分の元を去って消息も分からない恋人の名が、お葉だった。

「あれ、隊長もご存知で？」

「いや……」

再び女のあとを目で追ったが、すでにその姿は見えない。

あとを追って、女を呑み込んだ花街の薄闇に駆け込みたい気がしたが、隊士らの手前、そのまま肩をそびやかして歩き続けた。

四

伊織が、気のおけない仲間を誘って、月下楼へくり込んだのは、その三日後だった。

前日に使いを走らせ、あえて志村伊織の名前を出して〝芸妓お葉〟の予約を入れた。

だが先約があると箱屋から断られ、そこを何とか粘って、早い時間に顔だけ出してもらうという約束を取り付けたのだ。

その橋渡しをしたのが、女中頭のお滝である。

しかしお葉は現れなかった。

〝伝えた〟というお滝の言を信じれば、お葉は、客の名が志村伊織と知っていた。それがもし……。そう、もし恋人のお葉であれば、伊織は再び振られたことになる。

ここまで探してまた振られたか、と思うのは辛《つら》い。

女の不実を思うだけで、足元が崩れるような、いや、あの千曲川《ちくまがわ》を見下ろす城が、崩れかかって来るような失墜感を覚えるのだった。思わず刀に手をかけたのは、あの美しい城に託す藩士の誇りが、崩れそうだったからである。

そうだ、あの生意気な女中を斬ろうとしたのではない。自分に禍事《まがごと》を囁く〝何か〟

を斬りたかった……。

だが幸か不幸か、その芸妓は、恋人お葉ではなかった。芸妓が座敷に現れた時、行灯の柔らかな灯りに浮かぶ白く化粧された顔を見て、ふと心がときめいたのは確かである。

自分を見たらどんな表情をするか、と一瞬心が躍った。だが女は驚きも見せず、馴れたようににっこり微笑んだ。

お葉という美しい女を失ってから四年。自分が変わったことを伊織は自認していた。人からそう言われたことも、一度ならずあった。

以前は、真っ直ぐで、思慮深く、もの静かな男と言われたものだ。だが今は、短腹《たんぱら》で感情の抑えが苦手な、粗野《そや》な男に成り下がっている。江戸っ子に田舎侍と言われて当然だった。

一方、山吹屋当主は、月下楼での伊織の〝良からぬ噂〟を、いち早く聞き込んでいた。

目下《もっか》、国元で伊織の縁談をまとめている関係もあり、これはまずいと思って藩邸を訪ね、それとなく伊織に会ったのである。

すると伊織は苦笑し、意外に素直に白状した。

「なに、芸妓が待てど暮らせど来ないんで、しびれを切らしただけのこと。ただそのお葉という芸妓は、私が昔、振られた女によく似ていてね。何かムシャクシャし、些《さ》細《さい》なことでカッとなってしまったのだ。お笑いください」

「ははは……そういうことでしたか」

と山吹屋は大笑いした。

「ならば一席設けて、今度は山吹屋小山久左衛門の名前で呼んでみますかね。今度こそ、その芸妓から徹底的に聞き出してください」

この現当主は、先代とは違って話の分かる〝ワル大人〟であるため、伊織はそれ相応の信頼を寄せている。

ただ先代に抱くような親愛の情は、今の代には感じない。

先代は父の志村剛之亮《ごうのすけ》と親しく、昔気質《かたぎ》の商人だった。

江戸から、北国街道沿いの小諸荒町《あらまち》の自邸に帰ると、決まって土産を携えて志村の屋敷に来たものだ。少年伊織は、凧《たこ》や、けん玉などの江戸土産が楽しみでならなかった。

伊織を〝坊〟とか〝坊ちゃん〟と呼んだし、伊織は先代を〝荒町のおじさん〟と呼んで、慕っていたのだ。

お葉が突然、小諸から姿を消したのは、四年前の初夏の、青葉の目に染《し》みるころである。

伊織はその失踪を、突然知らされた。

若い下女と用心棒の従僕《じゅうぼく》と共に、山菜摘《つ》みに近くの里山に入ったのだが、三人はそれきり帰らないと——。

お葉は伊織より二つ下で、藩の重臣岩井傳二郎《いわいでんじろう》の、妾腹《しょうふく》の娘である。母は日本橋の芸妓お力で、江戸詰《づめ》だったころに産ませた子だ。

正妻との間に二人の男子がいたが、女の子がいなかったため、この母子を宝物のように可愛がり、三年経って国元に帰る時、妾として連れ帰ろうとした。

だが江戸生まれのお力は、信州の山奥に入るのを嫌い、娘だけを差し出したのだ。

幼くして母親と引き離されたお葉は、その遠い信州の地で、母親譲りの美しい娘に成長した。

岩井家の屋敷は、武家屋敷が並ぶ馬場町《ばばまち》にあり、志村家の屋敷のつい近くだった。

その子息同士が遊ぶことも多く、お葉はいつも兄のあとについていて、伊織といつしか恋に落ち、互いを生涯の伴侶と思うようになっていた。

だがここに、ややこしい問題があった。

伊織の父剛之亮と、お葉の父傳二郎は、同じ城内で互いに反目《はんもく》する派に属していた。お隣同士であっても、会えば儀礼的に会釈するのがやっとの仲である。

九代藩主が病没し、牧野康済が十代藩主となった時、伊織は十九。

この時、家臣らは康済を推す派と、その弟の進之助を推す派に二分した。伊織の父は康済派、お葉の父は進之助派だった。

こんな政争渦巻く中で、若い伊織は、お葉の存在を親に打ち明けられずにいたのである。

岩井家からの問い合わせで事情を知った時、こんな自分に、お葉は愛想《あいそ》が尽きたのだと思った。思いつつも、馬を駆って城下を探し回り、山中を彷徨《さまよ》い歩いた。

お葉の父の傳二郎も、山狩りをし、街道筋に人を配し、また関所に回状《かいじょう》を回し、手を尽くして探したが、消息は摑めなかった。

当然ながら、伊織はお葉の生母の名も、居場所も知っていない。

いや、おそらくお葉自身も知らされていなかったのではないか。

それでも、当時、江戸屋敷に詰めていた傳二郎の家来を探し出し、事情を問いただした。その結果、母親はお力と言い、日本橋の芸妓だったことだけは聞き出した。

だがそれ以外は何も分からない。

傳二郎が江戸を離れたあと、お力は芸妓をやめて本所へ移り、さらに引っ越しを繰り返して、その消息を消してしまったらしい。

伊織は任務で江戸に出た時、いつも本所界隈を歩き回る。

人混みにお葉らしい女を見つけると、そのあとを追って路地に迷い込んだりしたが、なお消息が摑めないでいる。

「さあ、これで私の話は終わりだ。今度はそなたの番だ」

と伊織は促した。

「一体どういうことなのか。同名の他人なのに、生まれた場所も、母親の名も同じだったとは！　一芝居打って、勢いで吐かせようと思ったが、つい本気になってしまった。そなたは何か事情を、知っているはずだ。さあ、聞かせてもらいたい」

お葉は、涙を溢れさせながら頭を下げた。

「お騒がせして、何とお詫び申したらいいか……。実はお葉は源氏名ですけれど、芸妓のあたしは、間違いなく〝お葉〟でございます」

ときっぱりと言った。

「ええ、本名は玉《たま》と申しますが、芸妓になる時に〝お葉〟の名を、お世話になった師匠から頂戴したのでございます。それが……お尋ねのお力様です」

と名前を言うところで、ふと声を潜《ひそ》めた。

「ただ……これにもわけがございました」

五

お力は芸妓をやめてから、上野《うえの》に移って、半玉《はんぎょく》相手に踊りや三味線を教えていた。

たまたま、小間使いを探していた時、紹介されたのが、九歳のお玉である。早くに両親と死別した子で、長く預かっていた遠縁の者が、家に連れてきたのだ。

雑用掛《がかり》には幼な過ぎたが、一目見て、お力はすぐ引き取った。この娘を、芸妓に仕込んでみようと思いたったらしい。

お玉は、雑用をこなす傍《かたわ》ら、踊りと三味線と唄を仕込まれた。そんな厳しい修業の日々が、六年続いた。

だが一人前の芸妓として看板を上げる前に、お力は亡くなった。その遺言が、〝芸妓になる暁は、お葉の名で世に出てほしい〟と。

お玉はその名で向島で看板を上げ、その後、柳橋に住み替えたのだった。

「それでは、こちらの疑問に答えておらんぞ」

話を聞き終え、伊織がすかさず言った。

「なぜ師匠は、お葉の名をくれたのか？」

「それは存じません。ただお師匠様は気性の強い、何ごとも直感でお決めになる方でしたから……」

「そなた、お葉を知っておるのか」

「まさか。だってお師匠様にお嬢様がいたのは知っていましたけど、もうこの世の人ではない……と聞かされておりました」

「死んだ？」

「はい、まだお小さい時に……病気で亡くなったと。その名はお葉といって、とても可愛いくて賢い子だったと。いつもいつもそう言っておられました」

「…………」

「私は、そのお名前に憧れておりました。〝芸妓になる時は、お葉と名乗りたい〟と密かに思っていて……。お師匠様がその名を贈ってくださった時は、大喜びで頂戴致しました。お葉と呼ばれるといつも、誇らしい気が致します」

「ふーむ」

伊織は唸った。

「では、そなたの前に、お葉は現れておらんか」

「はい。お師匠様は、出産のあとに芸妓を辞められました。お葉様を手放してからは、何度も引っ越されました。たぶん家老筋の御家の姫君にふさわしいよう、身を隠したかったんじゃないかと……」

「生前、師匠の元に、手紙などは来なかったのか」

「はい、たぶん……。遺品の中にそれらしき物も見当たりません。お師匠様が亡くなられてからは、私も向島に移りましたし」

座は静まり、伊織は沈黙して杯を口に運んでいる。

「お葉……いや、紛らわしいからお玉と呼ばせてもらいますか」

山吹屋が穏やかに口を挟んだ。

「いずれにしてもよく話してくれた。さて伊織様、いかがです、これで良しとすべきでしょう」

「………」

「お葉さんは、母親を訪ねはしなかった。会うすべがないなら、江戸に出たかどうかも、定かではござらんのう。調べられるだけ調べた以上、ここは潔《いさぎよ》く……、そう手前は申し上げたい。国の父上も、ずいぶん心配しておられますぞ」

するとと伊織はやおら立ち上がって、縁側に出た。

（そら来た）と思ったのだ。

この山吹屋の肝煎《きもい》りで、縁談が纏まりかけているのを、知らぬではない。相手の顔は見たことがないが、もう逃げられないところまで来ていた。これまで幾つ縁談を持ち込まれても、まだ早いと断り続けて来たから、両親も穏やかではないのだ。

「まずは身を固められてから、ゆっくりお葉さんを探してはいかがですかな」

その声を聞き、石灯籠のぼんやりした灯りが照らす暗い中庭を、じっと見つめて伊織はしばし無言だった。

「……そうだな」

とやがて呟くように言い、なお背中を見せたまま続けた。

「もう探すまい。自分はあと二、三日で江戸を発《た》とうと思う。お玉は〝お葉〟の名を、これからも誇りを持って使って欲しい」

「そう来なくちゃいけません」

山吹屋はにっこりして笑み崩れて、大きく拍手した。

「古来、小諸人の精神は、雪に耐えて咲く梅の花……と。どんな時でも、凜《りん》として花を咲かせるのが、われら小諸人です。さ、お葉さん、何か端唄《はうた》でも頼むよ。さあさあ、パッとやりましょう。お女中、酒をどんどん持ってきなさい」

と上機嫌で綾に命じた。

お葉が爪弾《つまび》く冴え冴えとした三味線の音が聞こえ始め、その玲瓏《れいろう》たる艶《えん》なる声が、座敷に流れたのである。

〽　思ひ切れとは身のままか
　誰かは切らん恋の道……

ようやく座は、宴席らしく華やいだ。しかし伊織は黙り気味で、どこか放心した様子である。

山吹屋は、十八番《おはこ》の小諸馬子唄を手拍子で披露したが、どうにも宴席は盛り上がらなかった。

お開きになったのは、まだ宵の口である。

外に風はなく、淀んだ川水の匂いが漂っていた。

提灯をかざして二人を船着場まで送った綾は、磯次の櫓さばきで遠ざかって行く舟を、しばらく見送った。

山吹屋はこのあと、伊織を吉原へ連れて行くため、猪牙舟をあつらえたのである。

綾には、伊織が哀れに思われてならなかった。

お玉のお葉が、もっとふてぶてしい悪女だったら、懲らしめてやろうと熱くなっただろうに。心に渦巻くものを、どこにもぶちまけられず、くすんでいるだろう。

とはいえ幾ら気を揉んでも、どうにもなることではない。所詮《しょせん》この百万の人が住むお江戸の、一人の挿話に過ぎないのだ。

そう思い諦め、軽く伸びをして戻ろうとした時、眼下の暗い川面に別の猪牙舟が戻ってくるのが見えた。

闇を透かすと、船頭は勇作のようだ。

「……あれ、誰かと思ったら綾さんか」

手拭いで汗を拭きながら、勇作は岸に上がって来た。

「今夜はひでえや。納涼船が多くて、川に風も通らん」

その夜遅くなって、思いがけぬ人物が勝手口に顔を覗かせた。

入ってくるお滝の姿を見て、綾はドキリとした。どうしてこんな時間に？　最近この人は本当に妙だった。

「……まあ、どうしました？」

前掛けで手を拭きながら、綾は頰を強張らせた。お滝は他に誰が居るのか案ずるふうに、きょろきょろして声を落とす。

「今、ちょっといい？」

「ええ、もう落ち着いたから。ともかくお掛けくださいな」

お客が一波去って、薪三郎は裏庭に煙草を吸いに行き、お孝は娘のお民を連れて帰ったところである。

「今日こちらに、あの小諸のお武家さんが見えたでしょう？」

「まあ、お耳が早い！」

「いえね、それが大変なの。実は……ああ、綾さん、ここでは何だから、ちょっと外に出てちょうだい……」

と早口で言うや、先に立ってそそくさと出て行く。

綾は振り返って誰もいないのを確認し、そのあとを追った。夜ふけの川べりは物騒なので、二人は篠屋の前に佇んだ。

「ねえ、あのお武家さんだけど、今うちに来て呑んでいなさるんだよ」

「ええっ、吉原じゃなかったの？」

「事情はよく分からないけど、少し前にうちに見えてさ。徳利を二、三本呑んだかしら。急に私を呼んで、今宵は篠屋に泊まりたいから、部屋が空いてるかどうか聞いてくれって……」

「えっ？」

綾はまたもや目を瞠《みは》った。

「じゃ……もしかして、あのお葉さんをご同伴？」

「それがお一人様だよ。だいぶきこしめしておいでだねえ」

お滝は襟に巻いた手拭いで汗を拭いた
「何せあのお侍だから、また迷惑かけそうでねえ。おかみさんに言う前に、満室だって断っちゃおうと思うんだけど、いいかねえ」

お滝は口裏合わせに来たらしい。

うーん、と綾は唸ったが、勝手な真似はしないほうがいいと考えた。

ともあれおかみさんに聞いてくると言い置き、急いで戻ってお簾に相談した。一瞬お簾は沈黙したが、すぐに切れ長な目を見開いた。

「そのお方なら、奥座敷にお泊めしておくれ。山吹屋のお客様だもの、取りっぱぐれはない。失礼がないよう丁重にね」

六

伊織が目覚めたのは、何時《いつ》ごろだったか。

瞼《まぶた》に薄明るい光が感じられて、一瞬ここはどこだと思い巡らした。自分はどこにいるのかと。

横たわっているのはふかふかした清潔な布団で、藩邸の汗くさい煎餅《せんべい》布団ではない。蚊遣り火の匂いが鼻先に漂って、はっと目を開き、半身を起こして部屋の中を見回した。

障子は閉ざされているが、雨戸は開いていて、そこから朝まだきのぼんやりした明かりが障子を透して滲み入ってくる。

床の間の刀掛けに、自分の刀がきちんと掛けられており、枕元には水の入った土瓶と茶碗が置かれていた。安堵して、再び身を横たえた。

静かに目を閉じると、だんだん記憶が戻ってくる。

そうだった。

山吹屋と二人で篠屋の舟に乗ったのは、まだ宵の口だ。大柄な船頭の巧みな櫓さばきで、大川を吉原に向かったが……。

滅多にないことだが、酒に酔って気分が悪いところへ船酔いが重なって、横波で舟が揺れるたび胸がムカムカした。

突然、降りたいと言い出したのは、あれは……そう、御厩河岸之渡《おんまやがしのわたし》の辺りだろう。

嘔吐感が込み上げて我慢出来なくなった。

「気分が悪い、降ろしてくれ」

と言うと、

「では自分も降ります」

と山吹屋が言う。それを押しとどめて、

「藩邸までは帰れるから心配ない。船頭、自分一人だけを降ろせ」

と無理矢理、降りてしまったのである。

それからどうしたのだったか……。煤《すす》けた屋台で呑み、足の向くままに歩いた。月下楼でお滝を呼んで酌をさせ、悪酔して、無理難題を言ったのはおぼろに記憶に残っている。

どうして篠屋に来る気になったかは、思い出せない。

ただ、こうして静かな朝の中に目覚めて、ようやく一人になれたと思った。ずっとお葉に恋着《れんちゃく》し、その面影に付きまとわれていたのが、吹っ切れたような気がしている。

何だか自分を取り巻くすべてが、急に馬鹿馬鹿しくなっていた。

昨夜はそもそも、あの山吹屋が気ぶっせいだった。

何しろ、顔を見たこともない女を、嫁に押し付けるのに懸命である。月下楼での〝狼藉《ろうぜき》〟を聞いて、最近の風紀の乱れを糺《ただ》し、縁談をまとめようとの魂胆で、酒席を持ったのは間違いない。

昔気質だった山吹屋の先代とは、大いに違っていた。

現当主は何ごとにも進歩的で、これからの小諸には欠かせぬ人物である。その立場は商人らしく合理的で、誰に対しても曖昧模糊《あいまいもこ》として穏やかだが、その胸の内は、過激な幕府無用論であるのは確かだった。

伊織の父と敵対する勢力に肩入れし、そのにこやかな視線の奥から、それとなく監視しているように思える。それは気のせいとばかり言いきれぬ。

今はお葉のことも、やっと冷静に考えられた。

どこかできっと生きていよう。だがあの時、碓氷峠《うすいとうげ》を越えて江戸を目指したかどうかは、かなり疑問だった。江戸に出れば、見つけられてしまう恐れがある。むしろ三国峠《みくにとうげ》から越後《えちご》に向かったかもしれないのだ。

実は山吹屋には言っていないが、最近になって、お葉の失踪についての別の情報を摑んでいた。

失踪後しばらくして、岩井家内部の使用人や、敵対する父側の勢力によって、真相が密かに暴かれたのである。山菜摘みに出かけたというのは真っ赤な嘘で、それは岩井家の作った筋書きらしいと。

お葉はあの夜更け、突然家を出たのだった。

下女と用心棒の若衆を一人連れて、闇に紛れて家を出たと。

その用心棒の若衆は、追手を撒《ま》こうとしてお葉を逃して自らは踏みとどまり、惨殺されたと言われる。

それを知って伊織は、虚しい思いに駆られた。自分は、こんな複雑怪奇なことが起こる藩の上士なのだと。

どうやらあの夜お葉は、思いがけぬ話を父親から聞かされたらしい。〝お葉を側室に迎えたい〃との打診が、城から内々にあったという。

傳二郎は、藩主に娘が見初《みそ》められたことを喜び、すぐに承諾の意を伝えたようだ。娘が志村家の息子と恋仲にあるのを知っていたが、藩主に対し、〃否《いな》〃はあり得ない。

事情を伝えられ、側室に上がることをお葉は迫られただろう。

その時のお葉の心中を、こう伊織は推測する。藩主の側室になっても、或いは周囲の反対を押し切って伊織の元に走っても、禍根《かこん》は後々まで残るだろうと。

結局、身を隠すしか他に方法はなかったかもしれない、と伊織も半ば考えていた。

微《かす》かに明るさを増していく障子を見ながら、今ならばお葉を諦められると思った。ただ、諦めはするが、たぶん生涯、この成り行きを納得しないだろうと。

いつの間にか蟬が鳴きだしていた。

それを聞くうちに、また眠りに引き込まれて行く。


「もし……。お早うございます」

縁側に低い女の声がした。

この時、伊織は起き上がって、刀を抜いて調べていたところだった。

一眠りして目覚めた時、昨夜、自分が誰かを斬ったような気がしたのである。いきなり男が草叢《くさむら》から飛びかかってきて……。

灯りのともる船着場から、真っ暗な河岸の道を、生い茂る草をかき分けるように歩いていた時だ。とっさに抜いて、肩の辺りに見えた男を、首もとから斜めに斬りおろした……。

が、刀には血もついておらず、刃こぼれもしていない。

あれは生々《なまなま》しい夢だったか。いや、自分は、その者の着物で、血を拭ったかもしれない。この手に、手触りがある。

伊織は刀を放り出し、布団にもぐり込んだ。

「お目覚めでしょうか、お風呂のご用意がございますが」

「……いや、もう少し寝る」

「お加減が悪うございますか」

「……ただの二日酔いだ」

「あの、枕元に湯冷ましがございますから、なるべく沢山《たくさん》お呑みになってください。

御膳はなん時ごろにお出ししましょうか」

「……何もいらん」

「ご用の時は、鈴を鳴らしてくださいませ」

そう言い置いて、女は忍び足で去って行った。

昨日の宴席で、芸妓を庇《かば》った酌婦かな……と思うが顔は浮かばない。ただこの船宿に足が向いた理由が、ふと腑《ふ》に落ちた。

ここは、何となく居心地がいいのである。

小諸の家も、藩邸も、今はひどく居心地が悪かった。天下国家が大揺れしている時、城中では家臣が反目し合い、策謀が渦巻いている。

そこに自分の居場所はないように思える。

不意にこの時、一つの言葉が胸に浮き上がった。

〝脱藩〟の二文字である。

脱藩。それは今、世間で流行《はや》っている。だが大方は、身分の低い武士がやることで、石《こく》取りの上級武士が、家や身分を放り出すなど、あまり聞かない話だった。

だが家老の子息だからといって、脱藩して悪いことはなかろう。家には、跡を継ぐべき弟が控えている……。

七

同じこの日の朝四つ（十時）ころ――。

両国橋を急ぎ足で対岸へ渡った綾は、ほど近い尾上町《おのえちよう》にある水茶屋の暖簾《のれん》を、息を切らせて割った。

見渡すと店内に客はまばらだが、手前の入れ込みにすでにお滝が座っていた。船宿の女中とは違って大料亭の女中頭だから、店に出るのは午後でいいのだろう。

綾にとっては忙しい時間帯だが、話したいことがあるから急いで来てほしい、と伝言を受け、化粧もそこそこに飛んで来たのだ。

「あ、綾さん、急がしてすまないね」

とお滝は頭を下げた。まだ化粧もしておらず、太めの身体に洗い晒した本藍染《ほんあいぞめ》の浴衣《ゆかた》を纏って、半幅帯《はんはばおび》で締めているが、ひどく慌てて着付けて来たような感じである。

「ねえ、例の小諸のお武家さんだけど、その後どうなされて？」

座って顔を付き合わすや、真っ先にそう訊かれた。

「二日酔いで潰れておいでで、今はまだお寝みですよ」

と綾は首をすくめた。

「お孝さんに、朝食とお風呂の支度を頼んで来たんだけど」

「そう。で、お帰りは？」

「さあ、あれじゃ、午後になるでしょうね。どうして？」

「それなんだけどさ。ああ、その前に何か注文しましょう」

「私は冷たいお茶。急いで来たから喉が乾いちゃった」

お滝は、冷えた麦茶と、麦こがしで作った落雁《らくがん》の膳を二人分、注文を取りに来た娘にたのんだ。

「ええと、時間がないから、単刀直入に言わしておくれよ。実はあのお武家さんに会いたいって人がいて、もうすぐ来るんだよ」

「え、どこへ来るの？」

「そこの回向院《えこういん》までね。よく回向院にお参りに来られて、喜捨《きしゃ》をなさってる方でね。今日もお住職様を訪ねて見えるから、そこでお話をしたいと仰《おっしゃ》るの」

「誰と……お武家さんと？」

「あんたよ」

「えっ、私と？」

綾は息を呑んだ。

「ねえお滝さん、どういうこと。その方は誰？　あの御武家さんが篠屋にいるのを、どうして知ってるの？」

「あたしが知らせたのさ」

「…………」

戸惑う綾を尻目に、お滝は運ばれて来た麦茶を勢いよく呑んだ。

「そのご新造《しんぞう》さんは、千住《せんじゅ》に住んでおいでてね。あたしがその方を知ったのは、割と最近のことなの。それもあの〝お玉さん〟のおかげなんだよ」

「お玉さん……？」

「ええ、芸妓の〝お葉〟さん。その妓が、初めてうちのお座敷に上がった時……あれは、三か月くらい前だったかしら。あたしはその名について問い質《ただ》したの」

お滝は、お葉の名に、忘れられぬ記憶があったのである。

問い詰めたおかげで、お葉の名は頂き物の源氏名《げんじな》で、親から授かった名はお玉と知った。

だがこのおかげで、さらに思いがけないことを知ったのである。

「お力様が亡くなったなんて、あたしは初めて知ったよ。え、お力様とどんな関係だって？　あたし……あたしは十五の歳まで、お力様のお嬢ちゃん、お葉さまの子守だったんだよ」

十二の時、口減らしのため家を出され、子守役としてお力に雇われたのだ。お葉が三つになるまでの三年間、お力の家に寝泊まりして、子守役をつとめた。

「ええ、楽しかったね。おんぶしたり抱っこしたり……つききりでお世話したんだもの。でもお嬢ちゃんは四つになる手前で、信州の人にさらわれちゃった……。向こうさんはどう言ってなさるか知らないけど、無理やり連れ去ったようなもんだった」

「…………」

「月下楼の女中になったのは、そのあとでね。お力様が請人《うけにん》になってくれて、あたしは生きられた……。でもこの二十年間に、お力様は何度も引っ越しなさって、消息を消してしまわれたの。あたしも知らなくて音信不通だったよ」

お玉によって、お力の死を知って、お滝はあることを思い出した。

お力の家の菩提寺《ぼだいじ》が回向院であり、墓がその敷地にあったことである。

お力は子供のころ、大川の洪水で家族の多くを流されており、遺体が上がらず、無縁塚にお参りしていたのだった。

ずっと喜捨を欠かさず、御住職とも親しくなり、芸妓をやめたころには、回向院に墓を確保していた。亡き家族の魂もそちらに移し、自らもそこに入ることが出来たのだ。

お滝はその墓を教えてもらってから、しばしばお参りするようになった。柳橋に近いし、自身の両親の墓も深川にあったのだ。

つい一月《ひとつき》ほど前、美しい女に呼び止められたのは、その墓地の入口だった。

「もし……」

とその女は、おずおず声をかけて来た。

まだ二十三、四に見えるが、丸髷《まるまげ》を高めにキリリと結い、お歯黒《はぐろ》をつけ眉も剃っている。それは、すでに人妻であることを晴れやかに告げていて、何とも色っぽく見えるのだった。

「もしかして……お滝さんではありませんか?」

「はあ、滝ですが……?」

お滝は目を見開いて、相手を見つめた。全く見覚えはないが、どこぞの大店のお内儀だろう、ぐらいの見当がついた。

「上総屋《かずさや》藤兵衛《とうべえ》の内《ない》で……葉といいます」

「ああ、上総屋さん……」

その薪炭《しんたん》問屋は千住にあり、かなりの大店として名が知れていた。だがお滝はぽかんとしていた。上総屋は知り合いではないし、葉と名乗られても、ピンと来なかったのだ。

「お滝さん、私です、お力の娘の葉ですよ」

その艶やかな目の白い部分に、涙が盛り上がっていた。

「………」

信州《しんしゅう》にいるはずのお嬢ちゃんが、どうしてここへ？　その疑問がどうしても頭から離れない。

するとお葉は、懐から一枚の紙を出して広げて見せた。

そこには朱い御朱印が捺《お》してあり、〝諸宗《しょしゅう》山《ざん》回向院〟の字と天保十三年の日付が筆で書き込まれている。

「私の肌身に巻かれていた御守袋に、これが入っていたのです。江戸を発つ時、母が入れてくれたものです。ここへ行けば、必ず母を探せるはず。四年前、私はこれを頼って、小諸から江戸に帰りました。すぐに回向院に参り、日本橋の〝お力〟の名を申して、その住処《すみか》を問うたのです。そうしたら……ご住職が案内してくれました。それ、そこのお墓が、母の居場所だと……」

お葉の美しい目からポロポロと涙が溢れた。お滝は目を丸くし、金縛りにあったように口がきけなかった。

「それから度々《たびたび》お参りに来ています。最近、よくお花が手向《たむ》けられているので不思議に思って……ご住職に伺って、教えていただいたんですよ。最近、お滝という方が、お墓でお経を頼み、たくさん喜捨してくださったと……。お滝さんの名は、忘れていませんよ」

「………」

「ええ、あちらに着いてから、オタキ、オタキ……と半年くらい泣いていたと。家の者から聞いていますけど、うっすら覚えてもいます」

語りながら、お滝は手拭いをぐっしょり涙で濡らした。

「でも、あたしはまだ誤解してたんだね。上総屋が小諸の旧家で、お葉様はその旦那様と一緒にまたそのうち小諸にお帰りになるんだとね。で、こう訊いたんだよ」

お葉様、いつ小諸にお帰りですか、と。

するとお葉は笑って首を振り、こう答えた。

「二度と戻りません。私は家を出たんです」

　上総屋には、住職の取り持ちで縁づいたのだという。

「何があったのか、そのうち訊こうとは思うけど、今は何だか訊けなくてね……。ただつい最近、うちの店に、小諸のお武家さんが見えたでしょう。そのお方が、お葉という芸妓を指名したんで、お知らせしたんだけどねえ」

「ああ、さすがですね」

「それには、何のお返事もなかった。でも、だてに女中やって来たわけじゃない。かれこれ二十年も男と女の世界を見て来たんだもの。何かしらこう、胸に感じるものがあったね」

　お滝は麦茶の残りを啜って、喉を湿らせた。

「そうそう、あの時、納涼船のお葉ねえさんに知らせなかったのは、お滝さんでしょ。意地悪したって説があるけど?」

「ああ、あれね、ふふふ」

　お滝は、笑った
「実はね、忘れちまったんだよ。別のことで頭が一杯でさ」

「忘れた?」

「そう。でも、お葉様本人に知らせたんだからね。今朝も、その志村様が篠屋で一泊したことや、近々に小諸に帰るってことを書いて、届けさせたの。これが最後だろうと思ってね」

ところが、今度は間髪《かんぱつ》容れずに返事が届いた。

その場で手紙を読み、使いの丁稚《でっち》を待たせて一筆認《したた》め、持たせてよこしたのである。

手紙にはこう書かれていた。

〝そのお方にぜひお会いしたい。ついては、事前にあなたに訊いておきたいことがあるので、今日九つ（正午）すぎに回向院に行きます。できれば篠屋のお女中も同伴で、自分を訪ねて来てほしい〟

「……ってわけなんだよ、綾さん。人助けと思って、ちょっとだけ付き合っておくれな。いえ、助けられるのはあたしじゃない、お葉様なんだから」

とお滝は思いつめたように言った。

八

思いもよらず回向院でお葉と会い、思いがけぬ話を聞いて、綾は少し上ずっていた。

篠屋に帰り着いたのは、九つ半（一時）である。

「まあ、綾さんたら、どこへ行ってたのよう」

待っていたように、お波のキンキン声が飛んで来た。

「奥にお泊まりのお客様、まだ寝ておいでなのよ。四つ（十時）に私がご機嫌伺いに行ったら、もうすぐ起きるって……。でもウンでもスンでもないから、九つ（正午）ごろに番頭さんが伺ったら、返事がないんだって」

と細い目を吊り上げる。

「おかみさんは何と？」

「起きるまで放っておおき、宿屋は泊まってもらってなんぼ、時は金なり……。問題はこれからだ」

とお簾の口調を真似て、お波は低い声で言った。

「腹が太いよ、あのおかみさんは。でもあたしら、片付かなくて困っちゃうわ」

綾は黙って聴きながら手早く前掛けをつけ、襷掛けになっていた。

「綾さん、何とかしてちょうだい」

「あら、どうして私が？　私がお連れしたお客でもないのに」

と綾も負けていない。お波は、困ったことがあるといつでも、綾のせいにして迫ってくるのが業腹《ごうはら》だった。

「でもさ、あの人、いつまでいる気かねえ」

とお孝までが、ひそひそ声で囁いた。

だが綾は、先ほどお葉に会い、その口から聞いた話が頭にチラつき、すぐには何も答えられなかった。

「そうねえ、ま、もう少し様子を見たら？」

と言いかけた時、帳場からお簾が姿を見せた。

「あ、おかみさん、遅くなってすみません」

「ま、それはいいから、あんた、ちょっと様子を見てきておくれな。何だかあのお方、様子が変だよ。生きていなさればいいけどさ、もし割腹《かっぷく》でもされたら大変じゃないか」

か、割腹……。

その言葉に台所は凍りつき、そこにいた皆は、忌まわしい物でも前にしたように顔を見合わせた。このご時世では、必ずしもあり得ないことではなかったのだ。

思わず綾は生唾を呑んで頷いていた。

伊織は何度めかに目が覚めて、起きだした。

障子を一枚開け放って、畳んだ布団の上に寝巻きのまま胡座《あぐら》をかき、じっと庭を眺めていた。

鬱勃《うつぼつ》と湧き上がる思いに、内心は殺気立っている。酔いが冷めるにつれ、容易ならぬところに自分はいると思った。

それでいて、頭に浮かぶのは些細なことばかりだ。無断外泊すれば罰金、朝礼の無断欠席は減点。隊の市中見回りは午後八つ半（四時）からと、夜五つ半（九時）から……。

隊長の伊織はほぼ欠かさず参加してきた。自分がそのどちらからも消えると、隊は存続するかどうか。

いや、藩邸や、父上の惑乱は考えるまい。

〝脱藩〟してどうするか。これから自分はどうなるか？　刀を捨てたいと思うがそれでやっていけるか……。

そう思った時、縁側に聴き覚えのある女の声がした。

「お客様……。お加減は如何でございますか」

あの女だと思い当たった。

「うむ、いよいよ私を追い出すか」

半ば笑って言うと、女は障子の陰から顔を出した。

「いえ、とんでもございません。どうぞゆっくりなさってくださいませ」

それを聞いた時、伊織は、この女をどこかで心待ちにしていた自分に初めて気がついた。

「お風呂の支度が出来ておりますから。それと、もし所在をご連絡なさりたい所があれば、使いをお出し致しますが……？」

「それはいい」

伊織は腕を組んで、庭に視線を投げた。

すべてを放り出す決心に変わりはないが、だんだん冷静になってくると、胸を刺す一抹の痛みがあった。

「では、一風呂浴びようか」

と迷いを振り切るように立ち上がる。案内されるまま縁側から庭に下りて、湯殿まで下駄履きで行った。

用意してあった浴衣に手を通すと、昨夜来のもやもやした焦燥感が消えて行く。これからは進むしかない。そう思い、さっぱりとした気分で座敷に戻り、ガラリと障子を開けた。

とたんに伊織は立ち竦んだ。

思いがけない人物が、そこに座っていたのである。

「やや、ご老体、どうしてここへ？」

「坊、お久しぶりですな」

笑って挨拶したのは、何と、山吹屋の先代だった。

少し見ぬ間に髪には白いものが増えていたが、目尻の切れ上がった豪胆《ごうたん》そうな目や、親愛の情を漲《みなぎ》らせた飾り気ない物言いが、どこか定まらぬ伊織の心を捉えた。

「横濱と聞いていたが……？」

と伊織は相好《そうごう》を崩して、次々問いかける。

「まずは、お座りなされ。いや、今しがたそこの厨房に訊いたら、朝から何もお腹に入れておらんそうですな」

「昨夜飲み過ぎて、どうも腹が減らん」

「坊、ここはお江戸ですぞ。ぼやぼやしてると、命まで奪われます。食欲があっても無くても、何か食べなされ。とりあえず粥膳《かゆぜん》を頼んでおいたでな、わしも相伴《しょうばん》しますよ」

そんな会話をしているところへ、綾が二人分の膳を運んで来た。

膳に載っているのは、白粥の椀、焼いたイワシの丸干し三本、焼き茄子《なす》の味噌だれ、蜆《しじみ》とワカメの味噌汁。梅干しと、胡瓜《きゅうり》と大根の浅漬けが添えられている。

誘われるままに、伊織は粥に箸をつけた。食べてみると、意外に美味《うま》く、箸が進んだ。

実は先代は、明日小諸に立つ予定なのだが、息子に懇願されて荷物をまとめ、一日早く横濱から飛んで来たのである。

昨夜、妙な別れ方をした山吹屋主人は、朝になって藩邸に使いを出し様子を訊いてみたところ、無断外泊でまだ帰らないと言われた。

慌ててあちこち当らせ、篠屋にも人を行かせたところ、この船宿に宿泊しているのを突き止めたのだ。

そこで自分より肌合いが合う先代に使いを出し、何とか伊織を誘い出して、藩邸まで送ってくれるよう頼み込んだのである。

九

何かと座敷に出入りするたび、綾は聞き耳を立てた。

二人は気脈が通じているようで、先代が、坊、坊……とそのえびす顔で何か言うたび、伊織はしきりに頷いているようだ。

取り立てて説得したふうもなかったが、少し話すうち、伊織の様子が変わったのに気がついた。

先代の決め台詞《せりふ》はこうだった。

「山吹屋には、京から確かな情報が入ります。それによれば、坊、近いうち戦さが始まりますぞ」

「えっ……」

「わしは明朝、江戸を発って小諸に戻るつもりだが。坊、一緒に帰りませんか。国にはやるべきことがあるはずです」

その一言で、伊織は心を決めた。

すぐ綾は部屋に引き取り、回向院で待つお葉に宛て、頼まれた通り短い手紙を認《したた》めた。お葉の頼みとは、

「今日の伊織様の動向を探り、私に知らせてください。今日、特にお変わりなければ、明日も知らせて欲しいのです」

というものだった。

綾は初め、すぐには引き受けなかった。人を泊める商売の者が、その客の動静を探って報告することに、抵抗を覚えたのだ。

「あの、僭越《せんえつ》ながら、事情をお訊きしてもよろしいですか」

と思わず理由を問うた。場合によっては断ろうと思った。

だがお葉の答えは、予想外のものだった。

「伊織様に、一目お目にかかりたいのです」

世間では、遠からぬ将来に戦さがあると噂されている。そうなれば江戸は戦火に包まれるだろう。自分の一家はそれを恐れて、近郊に疎開することになっており、もう二度と会うことはないと思われる。

「いえ、遠くからでいいのですよ。名乗り出たりもしません」

「でも、ただ……」

と綾はその時、お滝が訊けなかった疑問を、口にした。

「お葉さんは、望んで家を出られ、伊織様と別れなすったのでしょう？」

「………」

お葉は沈黙し、しばし涼しい目を遠くに向けていた。

「ええ、ずっとずっと後悔しておりました」

「………」

「でも、これが私の運命でしょう。あれしか方法はなかったのだから」

側室の話があって二、三日後の初夏の夜――。

遅くなってから屋敷に二人の客があった。

しばしば遅く訪ねてきては、秘密めいて話し込んでいく、父傳二郎と同じ派の重臣たちだった。

またあの側室の話であろうと、お葉は見当をつけた。

父は決めてしまったが、お葉にはその気はない。伊織にはまだ話していないが、すでに腹には伊織の子がいたのである。この子を産むためには、駆け落ちするなり、相手の了解を得て小諸を去るしかない。

今夜は盗み聞きして事情を確かめ、伊織に知らせよう。そう決意して、命がけで密かに隣室に忍び込んだ。

隣室もこの部屋も、障子と板戸を開け放っていて、中庭が目の前に見えている。お葉は、逃げやすい縁側近くの、襖の陰にしゃがんだ。

父と客人は、隣室の奥まった床の間近くに陣取っている。やや距離があったから、ボソボソした声が途切れ途切れに聞こえた。

「あの若造は……、何とかしないと……」

どうやら伊織のことか。

「いや、あれは……剣の腕が立つ、だが藩政に根を張る元凶は……」

「うむ、葬るべきは、まずは志村家老と……」

聞いていて、背筋が泡立ってきた。

こんな言葉が、あの優しい父の口から出るとは。もしかしてこれは暗殺の企みか？

二人は暗殺計画を話しており、殺されるのは伊織の父であるらしい。

（これは……）

恐ろしくなった。早くこの場を立ち去ろうと後ずさりした時、懐の小さな手鏡が、縁側に転がったのである。コトリと音を立てた。

「誰だッ？」

殺気立った声が飛び、膳のひっくり返る音がした。

すると思いもよらぬことが起こった。身近な闇から一人の男が飛び出して来て、手鏡をお葉に向かって放ったのだ。

自身はそのまま中庭に飛び出して行く。

「曲者《くせもの》は庭だ、出会え！」

大声で誰かが呼ばわり、何人かが裸足《はだし》で庭に飛び降りた。皆の注意が庭に向いている間に、お葉はその場を逃げて、難を逃れた。

とっさの判断で客人らを庭に誘導し、お葉を救ったのは、父傳二郎の用人で、元服したばかりの若衆だった。

密かにお葉の動きを見張っていた節がある。若衆はその場を逃げ伸び、夜更けてからお葉の部屋に忍んできた。

自らを敵対派——すなわち志村家老から送り込まれた間者《かんじゃ》だと明かし、今夜中に逃げるよう勧めた。

お葉は、思わぬ秘密を知ったことが怖しく、知ったと悟られぬうちに逃げる決心をした。また伊織に類が及ぶのを恐れ、この若者に、伊織への短い伝言を口頭で頼んだ。

「山中の、あの社《やしろ》で、半日待ちます」

それだけで分かるはずだった。そこは以前、密かに二人で密会していた場所である。

お葉は手早く荷をまとめ、気心の知れた若い女中と共に、奉公人の勝手口から屋敷を出た。地元育ちの女中は、怯えるお葉を助け、ひたすら山中の闇へと導いた。

だが頼みの綱の若衆は、途中から追いついてきた追っ手と斬り合いになり、斬られて葬られたらしい。だがお葉は女中の導きで脇道に逃げ込み、人に見られず山中に逃《のが》れることが出来た。

お葉が、若衆の死を知ったのは、ずっとあとになってからである。

この時は社で半日以上待ち続けた。ついに諦めてその女中のツテで隣村に入り、その知り合いを頼って、江戸に向かう商団に紛れ込むことが出来たのである。

先代が、伊織の勘定をすべて払って帰っていくと、伊織はおもむろに身支度を整えた。

今日七つ（四時）からの巡回に途中から加わり、それを最後として、国に帰ることにしたのである。

篠屋を出て柳橋に立ったのは、七つ半（五時）ころだった。吾妻橋《あづまばし》を渡ってこちら側の岸に戻り、浅草を見回って蔵前から下って、柳橋にはその時刻に通りかかるのだ。

伊織はそれに合流しようと、頃合いを測っていた。このあと、日本橋を回って、浜町の藩邸に戻り、荷物をまとめることになろう。

見計らったように、町の奥から一隊が現れ、いつものように柳橋を渡って来る。中程に立っていた伊織は片手を挙げ、何ごとも無かったように会釈して、先頭に立って歩きだした。

その時、ふと視野に入った女がいる。

先ほどから橋の袂《たもと》にいたのだが、伊織は隊がやって来る反対方向ばかり見ていて、気にも留めなかったのだ。

丸髷を結って地味な着物を着た既婚の女だが、どこかしら匂うような色気を漂わせている。

チラと見て気を惹かれ、伊織はその顔を見たいと思った。

だが女のそばには三、四歳の男の子が纏わりついて、しきりに動き回っている。母親はその世話で、顔を上げる暇がないらしい。一行はそのそばを通って、橋を渡りきると、右に曲がっていく。

伊織は気になって、何度か振り返りながら足を進めた。

女は相変わらず顔を上げず、だがその手で子供の手を摑み、伊織に向かって振らせているのである。

笑いかけるその子の愛らしさに、思わず頰をほころばせた。

童子の笑顔に溢れる無邪気さと幸福感が、ふと胸を刺し、わけのわからぬ憂《うれ》いに襲われて、目を逸らした。

余計なことを考えるな。自分は一刻も早く国に帰らなくては。

母子は、伊織らが夕闇の町に消えていっても、まだそこに佇んで見送っていた。

少し離れて一部始終を見ていた綾は、夕暮れの空を仰いだ。夏らしい白いちぎれ雲の群れが、今日も北へと行進していく。

戦さが始まりそうな気配は、日を追って強まった。

戊辰戦争《ぼしんせんそう》が勃発したのは、年が明けてすぐである。

二百五十年にわたって徳川恩顧だった全国の諸藩は、討幕軍に恭順して徳川を攻めるか、幕軍として破滅の道を歩むか、迫られた。

それは厳しい選択だった。

この二者択一を迫られた小諸藩は、いよいよ窮地に追い込まれていく。家臣らは二派に分かれて滾《たぎ》りたち、激論を闘わせた。

その末に、一つの苦しい妥協策をひねり出した。

徳川追討の免除を、岩倉具視《いわくらともみ》総督に嘆願したのだ。すなわち徳川に刃を向けぬことを条件に、薩長《さっちょう》軍に帰順したのである。

しばらくして綾は、風の便りに、志村伊織の消息を聞いた。

小諸藩は碓氷峠の守備を命じられ、伊織は小隊を率いて出兵した。だがある日、飄然と、そこから姿を晦《くら》ましてしまったという。

〝碓氷峠〟と聞いて、綾はふと胸を打たれた。以前お葉とこの近くの山中で密会し、お葉はそこから姿を消したという話を思い出したからだ。

或いは伊織はその時のことを思い、もう一度そこに戻ってみたくなったのかもしれない。

第四話　夜を走る——近藤勇《こんどういさみ》の妻

一

慶応《けいおう》三年夏の京では、近藤勇《こんどういさみ》は、すでに大変な有名人だった。

近藤率いる『新撰組《しんせんぐみ》』は、元治《げんじ》元年（一八六四）六月、京の池田屋《いけだや》を襲撃し、尊《そん》攘《じょう》志士を一網打尽にしたことで、一躍その名を天下に轟かせた。

以来、江戸にもちらほらその名が聞こえ始めている。

その活躍を以って幕臣に取り立てられた、名うての剣豪であると。

だが綾はその名を全く知らなかった。

「散るは浮き、散らぬは沈むもみじ葉の……」

三味線の爪弾きに合わせ、艶《つや》めいた声が二階から降りてくる。

芸妓のお琴《こと》の声だった。

蟬の声がいつか止《や》み、秋風が立つや、芸妓たちは一斉に着物や扇子や小唄まで模様替えしてしまう。

芸妓は、年に十一回も、衣替えするのだとか。年に二回しか衣を替えない綾は、感心するよりその煩雑《はんざつ》さに肝《きも》を潰《つぶ》している。

それにしても食器を洗う水を冷たく感じ、枯葉の季節に思いを馳せていると、急に外が騒がしくなったことに気がついた。

外はすでに暗いが、まだ六つの鐘を聞いて間《ま》もなかった。

バタバタと走る足音がし、飛び込んできたのは船頭の六平太《ろっぺいた》である。

「千さんはいねえか」

と開口一番、口にした。

「え、千吉はまだだけど、どうしたの」

片付け物をしていた母親のお孝が、奥から声を上げた。

「溺れてる人を助けたんだが、斬られてる」

「あれ、まあ……」

「おかみさーん、ちょっといいっすかあ」

帳場に声をかける。声は聞こえていたらしく、すぐお簾が出て来た。

「何だねえ、上にお客様がいなさるんだよ」

「すんません、おかみさん、ちっと船頭部屋を使わせてもらいてえんで」

テキパキした声で言って、背後を振り返った。

竜太と勇作が二人掛かりで、勝手口まで戸板を運んで来ている。戸板の上では、どこかを斬られた男が、唸り声を上げていた。

すでに水を吐かされ、外の洗い場で水をかけられ、乾いた古浴衣をまとっているが、隆々たる体格やその気配で、どうやら武士らしい。

船頭らは、こうした時の介抱は、手馴れていた。

「まあ、何だよ。番所に連れてお行きな。面倒はお断りだ」

迷惑そうな目で見て、お簾は言った。

「いや、手当は早え方がいいんでね、もう医者を呼びにやってまさ。番所にはあとで届けますよ」

六平太はがっちりした三十手前の船頭で、〝寄せ場帰り〟と聞いている。石川島《いしかわじま》の人足寄場《にんそくよせば》で一年ほど櫓漕ぎを学んだらしいが、それ以上詳しくは誰も知らない。

日ごろ無口だが、どこか一徹なところがあり、何か言いだすと引かないから、お簾はたいがい通してしまう。

今も不承不承に頷いた。

戸板は勝手口から、どんどんと船頭部屋の奥に運ばれていく。ゴタゴタしている間に医者が飛んで来て、奥に入って行った。

応急手当てをした医者が、あとでもう一度来ると言い残して帰ると、船頭たちはようやく散って行く。そのうち千吉が帰って来て事情を知り、付き添っていた六平太を台所に呼び出した。

「六さん、どうして篠屋が預かってんだい？」

「いや、たまたまおれが助けたんだよ、この上流でね。六つの鐘が鳴って、間もない時分だ。昌平橋まで客を送って、浅草橋辺りまで下《くだ》ってきたんだが」

と六平太は説明した。

土手の方で争う声を聞いてハッと振り返ると、柳原《やなぎわら》土手から、人が落下するのが見えたのだ。川は早く日が暮れる。辺りはもうまっ暗で、落ちたのか、飛び降りたかは分からない。

だが空を覆っていた雲が切れ、有難いことに雲間から半欠けの月が顔を覗かせた。

その光で、上の方へ逃げて行く人影が、二つ三つ見えたように思う。斬り合いがあったか……？

そちらを目指して、六平太は漕ぎ寄った。

川面は穏やかで、流されながらも浮き沈みしつつ、懸命にこちらに泳ぎ寄ろうとする男が見える。

いつもは行き交う船は多いが、この時は二、三の船だけで、それも先を急ぐのか素通りして行く。

六平太はうまく男を摑まえられず、追いかけながら下った。柳橋を潜《くぐ》ったところで、たまたま篠屋の河岸に着こうとしていた舟が、漕ぎ寄ってきた。竜太だった。

二人がかりで何とか引き上げた時、男は力尽きて気を失った。

右肩から左の胸にかけて袈裟斬りの傷があり、それが思いのほか深く、今夜は要注意だと医者は言ったらしい。

「で、男の身元は？」

「まだ正気が戻らないんで、何も分からねえや。懐には何も無かったから、或いは強盗に遭ったかもしらん……」

二人の会話を熱心に聞いていた綾は、二階の音曲がいつの間にか止《や》んでいるのに気がついた。

そろそろお開きかと思ううち、表階段が賑やかになる。

お客様お発ち……のお波の高い声と共に、ドドドと降りてくる足音がした。綾はすぐに表玄関に回り、番頭で下足番の甚八《じんぱち》から渡された提灯をかざして客を見送った。

雲行きが怪しく、足早に移動する叢雲《むらくも》に、月がせわしなく出たり隠れたりしている。

そんな空の下、二人の客を乗せた猪牙舟は、勇作の櫓さばきでゆっくり下って行った。

お琴は箱屋に守られて路地に消え、お簾は軽く咳込みながら玄関に入っていく。その背を見送って、勝手口に回ろうとした時、

「もし……」

と声をかけられた。

すぐに声のした暗がりに提灯を掲げると、灯りの中に不意に女が姿を現した。棒縞《ぼうじま》の木綿の着物に同じ色の前垂れをした、女中らしい年増女である。

「すみません、脅かしちゃって」

綾を見るなり、女は手を合わせた。

声はひどく掠《かす》れ、顔は化粧が剝がれて青ざめ、血の気もない。ほつれた髪が海藻《かいそう》のようにこめかみに垂れ、尋常ではない様子だ。

「あら、どうしました？」

驚いて綾は声を上げた。

「あの、さっきのお侍様だけど、生きていなさるんでしょうか？」

「えっ」

ハッと思い浮かんだことがある。先ほど磯次がこう言い置いて、出て行ったのだ。

(さっきから、篠屋の回りをうろついてる女がいる。関係あるかもしれんから、見つけたら話を聞いたらいい)

「ああ、今は眠っていなさるようだけど……おたくさんは？」

「あたし……元鳥越町《もととりごえちょう》の酒屋の女中で、お伸《のぶ》っていうんだけど」

「もしかして、あのお侍を知ってるとか？」

「ええ、うちのお得意さんですから。どうなったのか、もう、心配で心配で……」

「あの、中に詳しい者がいますんで、ちょっと入りませんか」

明るい台所に導かれた女は、千吉や六平太に囲まれておどおどし、再び同じことを繰り返した。自分はお伸という名で、酒問屋水戸屋《みとや》の女中である……と。

「おいら、下っ引の千吉だけど、お伸さんはあのお侍を知っているんだって？」

と千吉が乗り出した。

「今、容体《ようだい》は落ち着いてるけど、今夜は危険なんだそうでね。名前や住まいを知ってたら、教えてもらいてえんだ。早く家族に知らせねえと……」

「ええ、お名前は近藤様っていいます。下は勇……だったですか。でもお住まいってどこかしら……」

「コンドウ、イサミ」

と千吉は口の中でゆっくり呟き、どこかで聞いたことがあると言いたげに、首を傾げた。

「何してる人？」

「さあ、そこまでは……。何しろただのお客様だもの」

「じゃ、酒を届けたり、掛取りに行ったりする所はどこ？」

「ここ二、三か月、近くの商人屋敷の離れを借りておいでです」

と言い、急にそわそわし始めた。

「あの、ご無事と分かれば、あたしはこれで……」

「ち、ちょっと待って、もう一つ訊いていいかい？」

と千吉は引き止めた。

お伸は色白の顔を、迷惑そうに少しひしゃげた。

ふっくりした丸顔に細い目と口のおかめ顔だが、肩や腰回りはむっちりとして肉づきが良く、どこか色っぽさを漂わせている。

「いや、おいら、どうもよく分からねえんだ。お侍さんが川から引き上げられた時は、六つをだいぶ過ぎてたよね。もう真っ暗だったと思うんだけど、それが〝近藤勇〟ってお客だって、ねえさんはどうして分かったの？」

「え？　ああ、あたし、ずっとあとを追いかけて来たんだもの。いえ、変な意味じゃなくてよ。ついて来いって言われたから……」

「お伸さん、もう少し順序立てて話しておくんな」

とそばでじっと聞いていた六平太が、口を挟んだ。

「そもそも、ねえさんがお客と、なぜ追いかけっこすることになったわけ？」

「いえ、別に大した事情があったわけじゃないです。近藤様は、毎日お客様があるらしく、うちにお酒をどっさり注文なさる、上得意様なんですよ。ですが、ただ……」

お伸はそこで少し言い澱み、肩を軽く竦《すく》めた。

「お代をね、なかなか払っていただけないんです」

二

「今日こそ根こそぎ、取り立ててこい」

とこの日お伸は、水戸屋の主人から、厳しく言いつかったのである。

「いいか、よく覚えておくんだ。お侍という連中は、まるでスカンピンの文無しってことはねえんだぞ。どう貧乏しても、恥かかぬため、何がしかを襟かどこかに縫い込んでるもんだ。それを狙え。どうしたらいいかは、お前の腕ひとつだ。全額を貰い受けるまで、店には戻るな」

つまりこの強欲の主人は、〝体を使って取り立てろ〟と、暗に仄《ほの》めかしているのである。

五両五分の酒代を、肉弾で取り立てろ。それが出来なければ、店には帰るなと。お伸はすでに、他の客で何度かその手を使っているが、それは情けなく、ひどく惨《みじ》めな体験だった。

どう頑張ったところで、自分の懐に入る金ではない。養分だけが吸い取られ、自分はかさかさに干上がっていくようだ。

近藤というあの堂々たるお侍には、その手は使いたくない。いっそ、このまま、あの店に戻りたくなかった。だがこのご時世、三十近い女に、楽な奉公先などあるはずがない。

（あーあ、心《しん》の臓にカビが生えそう）

今日もそんな気分で、くさくさしながら〝近藤勇〟の寄宿先を訪ねた。

それは近所では商人屋敷と呼ばれている、ある大店の古屋敷で、その離れを近藤は借りている。

門番はいないから、庭を抜け、縁先で名を呼ばわるだけでいい。

この日はちょうど近藤は、開け放した縁側の戸を閉めているところだった。お伸を見ると手を止めて、機嫌よく言った。

「おや、どうした、注文取りかね」

「いいえ、はっきり申して、トリはトリでも借金取りでございますよ」

お伸はずけずけ言った。

「先生、今日こそお代を頂けませんと、あたしは店に帰れません」

言いざま、まだ戸を閉めてない一枚分の縁側に尻を割り込ませた。時候の挨拶さえしたくない、何もかもが気ぶっせいなのだ。

「なら、帰らずにここにおれ。今、飯炊き女を探しておるんだ」

と相手は、笑って受け流した。

「そうはいきませんよ。頂けないと、お給金から天引きされます。あたしはもう、首をくらなくちゃなりません」

「おやおや……」

「この五両五分、耳を揃えて渡していただけるんでしたら、飯炊きでも何でも致しますって。さあ、もう、あたしを煮るなり焼くなりしておくんなさいな」

こう言うと大抵の男は目の色変え、奥へ抱え入れるものなのだ。

ところがこの近藤は違っていた。そこに突っ立ち、じっとお伸を見つめて、何か考えている。

がっしりとした六尺豊かな巨漢で、総髪にまとめた顔は角張って引き締まり、何ごとも一筋縄では通さぬような、鋭い目をしている。

「そんなに切羽詰《せっぱつ》まっておるのか」

「ええええ、切羽詰まっていますとも。そうでもなくちゃ、女が、こんなこと申しませんよ」

「そうか、そうだな」

と頷き、やおら奥に引っ込んだ。奥で手早く身仕舞《みじま》いを整えると、腰に刀を差しながら出て来たのである。

「あれ、せ、先生、どちらへ行かれます？」

「済まんことをした。わしは金を作って来るから、待っておれ。ああ、そうだ、その『瓢《ひさご》』で少し呑んでおれ」

と通りを出たところにある居酒屋の名を言い、お伸の懐に、何がしかの金をねじ込んだ。

「先生、いいんですよ、そんな……」

お伸は慌てた。まさか相手が、こう出るとは思わなかった。

口ほどに誠実な男がいるわけもなく、調子いいことを言って、逃げる気に違いないと思ったのだ。

「いや、五両や十両はすぐにも出来る。思い立ったが吉日。疑わしければ、ついて参れ」

と縁側で下駄を履き、夕闇の中に足早に出て行く。

何が起こったか、とお伸は訳が分からずそこに佇んだ。このお武家さんは、ここまで身を投げ出した女に、どの男もするような行為を全くしなかったのだ。それどころか、金を作って来るという。

　こんな男は初めてだった。自分を哀れんでくれたのか？

　それとも、あれこれ言って自分を煙に巻くつもりか。そうでなければ、単純に自分を哀れんだのだろう。

　お伸には後者の真情が感じられ、胸が熱くなった。初めて人間らしく扱われたような気がしたのである。

　水戸屋を辞めたら近藤様は、本当にこんな自分を、飯炊き女に雇ってくれるだろうか？　そうであれば……。

　いや、まずは金を受け取って主人に渡すことが先決だ。

　ようやく我に返ると、あとを追って夕暮れの町に走り出た。近藤がどこでどう金を作る気か、見届けてやろうという気になったのだ。

　近藤は身体が大きく羽織袴も、腰の刀もリュウとしていたから、薄闇の中でも目立ち、道行く人に問えばすぐに振り返って指差した。

　その影は、神田川の方へと進んでいく。

　その姿をはるか前に見て追いかけ、カタカタと浅草橋を渡った。橋はもう真っ暗で、下を滑って行く船の灯りが目立ち始めている。

橋を渡り終えて門を出た時、暮六つの鐘が鳴り響いた。御門の閉まる時間である。近ごろは、この時刻にはもう、橋を往来する通行人はちらほらだった。

御門を出ると、そのまま日本橋方向に伸びる通りは明るく、〝旅籠〟と書かれた軒提灯が並んで、宿場町ふうの賑やかさである。

だが近藤は右側の、川沿いの道へと曲がったようだ。

この道は暗く、右手には柳原土手と呼ばれる柳の生い茂る土手が、しばらく続く。道の左側は、郡代《ぐんだい》屋敷の塀だ。

陽が落ちると真っ暗で、人通りはぱったり途絶えてしまう。

夜ともなれば、柳原土手に夜鷹《よたか》と呼ばれる辻君《つじぎみ》が出没し、男を誘って色を売ると聞く。女には苦手な通りである。

この辺りで、お伸は近藤の姿を見失ってしまった。その土手を通って行ったのか、土手下の暗い通りに進んだのか。

お伸はためらって立ち止まった。

ついて参れ、と言いながらさっさと行ってしまったのは、あれは軽い冗談だったのか……と思う。お武家様が、たかが酒屋の女中を、どこへ伴うだろう。もう諦めて明日また出直した方がいい。

そう思って、ふと懐の金を思い出し、探ってみると一朱である。水戸屋には戻れないから、『瓢』で一杯飲もうか。そう、それがいい、もしかしたらそのうち近藤様が戻って来るかも……。

そう考えて、くるりと踵《きびす》を返して歩きだした。ここからは神田川沿いを少し下り、柳橋を渡って帰るのが安全だ。

その時、数人の男たちとすれ違った。

お伸にさえも感じられる殺気を発し、風を切って、小走りに柳原土手へと駆けあがって行く。

あのお方は、土手下を行ったと思ったが、背筋がゾクリとして、お伸は逃げるように走りだした。

少したって、背後遠くに刀のぶつかり合う、鋭い金属音を聞いた。ほんの一瞬、竦み上がり立ち往生していたが、怖くてまた走りだした。……そして水音を聞いた。

お伸は、暗い川を流されて行く男を見、追いかけて岸を走った。

無我夢中だったが、柳橋から、篠屋の河岸に何艘かの舟が集まり、数人の人影が動いて、人が上げられたのを見定めた。

そこまで行って、それがあのお方であると我が目で確かめようと思ったのである。

お伸はつかえながらも話を終えた。

そこへ番所役人があたふた駆けつけて来た。どうやら篠屋が届ける前に、近隣の噂が先に届いたらしい。

千吉は思いついて、お伸の話を簡潔に認《したた》め、岡っ引の亥之吉《いのきち》に届けてくれるよう、番所役人に手配を頼んだ。

千吉自身はそのまま、お伸を送りがてら、その商人屋敷を訪ねた。

だが、屋敷の主人は駿府に出張中だそうで会えず、代理で出て来た者は、ケンもホロロに言った。

「近藤様は京からの客人ですが、詳細は何も知らされておらんです」

三

やむなく千吉は、五つ（八時）前に篠屋に戻ったのだが、台所の上がり框に思いがけぬ二人が腰を下ろし、話し込んでいるのを見た。

亥之吉親分と、近くの料亭『花之井《はなのい》』のおかみである。

「ややっ、これはまたどういう風の吹き回しなんで」

千吉が唸ると、おかみは慌てて立ち上がった。

「あら、この忙しいのに、すっかり長居しちゃって。いえね、大変な〝お客様〟が、篠屋さんにいなさると……」

とおかみは声を潜めて弁解した。

実は、パッと広がった噂を聞いて飛んで来たらしい。おかみは、〝近藤勇〟なる人物について多少の知識があり、今までここで披露していたという。お簾も少し前までここで聞いていたのだ。

「花之井のおかみさん、耳が早《は》えや！」

その早耳ぶりに千吉が目を丸くした。

「坊や、誰に言っておいでだね」

老おかみは声をたてずに笑った。

「この柳橋にはね、京の島原《しまばら》から住み替えた芸妓もいるんだよ。上方《かみがた》のお客様が、その妓《こ》目当てに来てくださる。そんな席での噂話じゃ、〝近藤様〟はいつも花形ですよ。おモテになるって……」

この人物は剣豪だが、何より京で一、二の美貌を争う島原太夫を、四人も身請けした豪傑だというのだ。

「へえ！　じゃ顔も知っていなさるんで？」

「いえ、あいにくそれは……。だから介抱かたがた御尊顔を拝そうと……」

「おかみ、店が忙しいんじゃねえのかい」

と亥之吉が、咳払いして遮った。

おかみは肩をすくめ、笑い皺を深くした。

「いえ、ちょっと情報提供《おしらせ》に来ただけ。この親分さんは本当にカタブツなんだから。取り込み中を、ごめんなすってね」

と最後に詫びの言葉を残して、おかみは出て行った。

台所には、終い仕度を始めた綾やお孝や薪三郎がいたが、皆、煙に巻かれてシンとしていた。

「いやはや、あのおかみには驚くのう。〝近藤勇〟が何者かも知らねえのに、余計なことばかり、山ほど知っていなさる」

と亥之吉は小さく頷いて、茶の残りを啜った。

「しかし親分、こんな遅くに……」

「いや、それが千吉、ちと聞き捨てならぬことを耳にしたんでね。あのおかみも言う通り、近藤勇てえ名前は、知る人ぞ知る大物らしいぞ。折り紙付きの剣豪で、京の尊皇志士の間じゃ、鬼のように恐れられてると」

「やっぱり。どうもそんな気がしたんだ」

「お前の報告を受けた時、わしは奉行所におった。その名に覚えはあったが、詳しいことは知らねえ。もし何かあっちゃ面倒だから、明日にでも調べてくれ、とそばの下っ引に頼んだ。それが近くにいなすった、藤枝様のお耳に入っちまってな」

〝亥之吉親分ともあろう者が、近藤勇の名前を知らんのか。江戸もんは、江戸だけ知ってりゃいいってもんじゃねえぞ……〟と叱られた。

親分は、同心の藤枝右近の声音を真似て、さらに続けた。

「近藤勇とは、京じゃ泣く子も黙る『新撰組』の局長であるぞ。今や、天下の旗本でもある」

「ヒャッ、は、旗本ですかい。あそこに寝てるお人が？」

千吉は飛び上がって、船頭部屋を顎で示した。

「じゃ親分は、新撰組は知っていなさったんだ」

「……新撰組って何ですか」

ちょうどその時、綾に代わって茶を淹れてきたお孝が、湯気の立つ茶を茶碗に注ぎながら訊いた。

「や、おっかさんは知らなくていい」

と親分は珍しく冗談を言った。

「だが千吉は知らなきゃなんねえな。新撰組とはな、ご公儀《こうぎ》（幕府）の用心棒を買って出た、腕の立つ剣豪の一味だ。刀を抜かせりゃ強えの強くねえの。京で暴れ回ってその名を上げ、旗本までのし上がったてえところさね」

この叩き上げの岡っ引は、新撰組の問答無用のやり方を、必ずしも快く思っていない口ぶりだった。

四年前の文久《ぶんきゅう》三年（一八六三）秋、幕府は、京に上《のぼ》る将軍家茂《いえもち》の警護のため、江戸に溢れる浪人を募って〝浪士隊〟を作り、京に送り込んだ。

その中の一派が新撰組を結成し、反幕勢力に戦いを挑んだのだ。

翌年六月には、京三条にある尊攘志士の巣窟《そうくつ》〝池田屋〟を襲撃。集結していた二十数名のうち、半数を斬り、残りを捕えた。

その胸のすくような暴れぶりが、新撰組の名を高らしめたのである。

以後も功績を上げ、この慶応三年夏、新撰組は幕府に召し抱えられ、近藤は旗本となった。

「ただ藤枝様も、その近藤勇なる幕臣が、今、江戸に潜入してるどうかはご存知ない。ご公儀の密命で、秘密裡《り》に江戸入りしてる可能性もあろうが、ま、本人が目覚めねえと確かめようがねえ」

「誰か近藤様を知るお方に、面通ししてもらっちゃどうすか」

「それよ、千吉」

　と親分は新しいお茶を音を立てて啜った。

「この江戸には、ご尊顔を知る者は少ねえんだ。このまま容体が急変して、もしものことがあっちゃ大変だ……。浪士隊を束ねた山岡鉄太郎《やまおかてつたろう》様にお越し願おうと、鷹匠《たかじよう》町《ちょう》まで問い合わせたら、ここのところお留守がちだと」

　と亥之吉は煙管を取り出して言った。

「ただ、もっと有効な方法がある。近藤様は、江戸の剣術流派……天然理心流《てんねんりしんりゅう》てえ名だったか、その四代目宗家と聞いておる」

　その道場『試衛館《しえいかん》』が、市谷《いちがや》の甲良《こうら》屋敷にあるので、そこへ使いを出し、尊顔を知る門弟を来させてはどうか、と藤枝同心が提案したというのだ。

「や、そいつは手っ取り早いや」

　と口を挟んだのは、いつの間にか戻っていた六平太である。

「これからおれが行って、誰か呼んで来まっさ」

「あいや、素人《しろうと》の夜の一人歩きは禁物だぞ。この〝近藤様〟だって、撃沈されたんだからな」

親分は立ち上がり、竈《かまど》から火を吸いつけた。

「この件は藤枝様の号令で、もう手配済みだ。明朝一番にも、道場から若いのが飛んで来よう。その時はよろしく頼むと、それを言いに来たってわけさ」

その未明、綾は激しい風の音で目が覚めた。風に落ち葉が吹き寄せられる音である。

だが自分を起こしたのは、風の音ではなく、襖の向こうから呼びかける千吉の声だとすぐに知った。

「綾さん、起きてくれ、綾さん……」

隣の布団で眠るお波に気遣って、押し殺した低い声が繰り返される。綾は枕元の半纏を手にして、そっと床を抜け出した。

廊下に出ると、そこにしゃがんでいた千吉にぶつかりそうになった。

「起こしてご免よ。玄関に、近藤道場の人が来てるんだけど、おかみさんを起こしたほうがいいかい?」

と千吉が囁いた。

「あれ、明朝一番に来るはずじゃないの？」

「それが、一刻も早く対面したいって、飛んできたそうだ」

「へえ。今、誰が付き添ってるの？」

「おれ一人だ。六さんは交代して、今、奥の布団部屋で寝てるし」

「あちらさんは？」

「三人。門人が二人と奥さんだ」

「え、奥様が……？」

眠気が吹き飛んだ。

あの花之井のおかみから聞いた話では、近藤勇の妻は武士の娘という。

徳川御三卿《さんきょう》の一つ清水《しみず》家の家臣の長女で、一橋《ひとつばし》家に祐筆《ゆうひつ》として勤めたこともある才女なのだと。厳格に育っただけに、お稽古《けいこ》ごとは何でもこなしたが、結婚は遅く、二十四の時だったという。

一瞬そんなことが頭をよぎり、綾ははたと考えた。旗本の奥方なら、おかみさんを起こすべきだろうか。

「奥さんの話じゃさ、これがもし近藤勇であれば、死に目かもしれねえんで、夜を厭《いと》わず会いに来たんだって。ただ駕籠を待たしてるし、誰も起こさねえでくれって……」

どうすればいいかは、綾には分からない。だが夜分に、大げさに振舞って事《こと》を大きくしては、相手も迷惑だろう。

「おかみさんはいいよ」

と綾は即座に言った。

「ここは私が何とかする。ただ六さんは叩き起こしてちょうだい」

そして部屋に這い戻ってガサガサと着物を持ち出し、暗い中で手早く寝巻を脱いで着替えた。帯は省略して半纏に手を通し、髪の乱れを指先で直した。

その時、屋根を打つひそやかな雨音が耳に入った。

四

表玄関には行灯が灯っており、薄暗く冷え冷えした上がり框に、三十前後の丸髷の女がひっそりと座っていた。

玄関横の待ち合い部屋から声が漏れており、付き添って来た門人や駕籠かきは、そこで呼吸を整えているらしい。

何しろ市ヶ谷から半刻（一時間）近く、風が吹き雨も降りだした闇の中を、ひた走って来たのである。

「お待たせしました、女中の綾でございます」

声をかけると、丸髷の女はハッとしたように立ち上がって頭を下げた。

「近藤の家内つねです、夜分に相済みません」

行灯の灯りに浮かび上がったのは、青ざめた面長《おもなが》な顔だった。目の下に小皺が刻まれ、何か喋ると、お歯黒が口の中に闇を作った。

化粧けのない肌には、朧《おぼろ》な灯りの中でも痘瘡《とうそう》の痕《あと》が影を作り、その顔を暗く見せている。

「お足元の悪いところ、難儀なことでございました」

「いえ、雨は今降りだしたばかりですよ」

つね女は気丈でありたかったのだろう。張り詰めた口調で言い、気がかりそうな視線を奥へ向ける。

「ああ、早速にもどうぞ奥へお通りくださいませ……」

その声に、本多髷《ほんだまげ》にたっつけ袴の屈強そうな若侍が二人、待ち合い部屋から出て来て一礼した。洗ったばかりらしい顔はまだ上気して、額に汗が滲んでいる。

千吉が船頭部屋の襖を開け放った。

つねは二人を振り返ってから、座敷に上がった。そのあとに従って、二人がドシドシと上がっていく。

綾は病室に入るのは遠慮して、台所に戻った。

行灯に火を入れて板の間を明るくし、火鉢の埋火をかき出して火を熾《おこ》し、湯を沸かした。結果がどうあれ、この雨の中、すぐに帰すわけにはいかないだろう。

事態が本当に、夫の〝死に目〟であったらどうなるのか。

綾には予想もつかないが、あの奥方であれば、どんな場に臨んでも取り乱しもせず、落ち着いているように思われた。

先ほどのおかみの話では、近藤勇は、有名な色好みだという。

だが結婚に際して何人もの美女と見合いしたが、首を縦に振ったのは、あの地味なつね女だけだったそうだ。武家の娘を娶《めと》りたかったのでは……とおかみは言うが、真相は分からない。

病室の気配に耳を尖《とが》らせたが、意外に静かだった。

千吉の説明を聞いているらしく、つねの声がたまに低く聞こえる。その微かな声がふと明るく聞き取れて、綾は胸を撫でおろした。

やがて玄関に出て来たつねは、前と少しも変わらず静かだった。そこに控えている綾を見ると、いとも簡潔に言った。

「人違い……でした。世話になりました」

と紙に包んだ心付けをさりげなく渡してよこす。

「これは、あの……」

「いえ……」

手を振って押し戻したその顔には、微かな輝きが見られた。

夫の名を騙《かた》る男への怒りはあったにせよ、夫の不吉な運命を引き受けてくれた〝身代わり〟として、奇妙な感謝が滲んでいるように、綾には感じられたのだ。

「御心使い有難うございます。あの、あちらにお茶の支度が出来ておりますが」

綾が申し出ると、つねは静かに首を振った。

「先を急ぎますので……。壮吉《そうきち》、すぐに駕籠を回しておくれ」

と若侍に命じ、草履に足を入れて戸口まで出た。

だが雨は、先ほどよりずっと激しく降っている。つねは真っ暗な空を仰いで、一瞬玄関口に立ち往生した。

「今は降りが強く、お足元が悪うございます」

と綾はまた恐る恐る言った。

「でも、うちの船頭の話では、今夜の雨は長く続かないそうですよ。少しお待ちになってはどうですか」


台所は、昼の温《ぬく》もりが残ってほんのりと暖かい。

板の間に置かれた井草《いぐさ》の円座に落ち着いて、つねはさすがにほっとしたようだった。

若侍も誘ったが、二人は遠慮し、駕籠かきと共に待合所で待つと言った。その駕籠かきも試衛館の門下だという。

綾はお茶の入った土瓶を六平太に待合所まで運ばせ、自分はすぐに奥方にお茶を勧めた。

「お人違いだったとはいえ、ご心配なことでございましたね」

と声をかけると、

「いえ、覚悟してることですから」

と相手はきっぱりと言って、茶を啜った。

だが、温かい茶が体内に沁み込んだせいだろう。一呼吸おいて、初めて柔らかな口調が返ってきた。

「でも、ずいぶん感じがよく似た人でしたね、一目見た時は、てっきり近藤かと……。何しろ三年以上も、会っておりませんから」

近藤勇が土方歳三《ひじかたとしぞう》らと共に京に上ってから、帰郷したのは元治《げんじ》元年（一八六四）九月の一回だけ。

一年七か月ぶりの再会だったという。

「あれ以来、まだ一度も帰ってないのです。あの時は、近藤に、繰り返し言われましたよ。何があってもうろたえるなと」

〝職分とはいえ、自分は沢山《たくさん》の人を斬っているから、いつも誰かに命を狙われている。近藤の名が世に出たのは、それだけ人に憎まれたからだ。おれの死に目に会おうなどと思うな。もしおれが死んだら、道場をしっかり守っていくことだけを思え〟

「……って、いつも近藤はそうなんですよ」

口調は深刻だったが、顔には明るさが増し、もの静かな語り口ながら口数も少しずつ多くなっていた。

「ですから、今回のように、突然、近藤らしい者が死にかけていると知らされますと、逆に思うんですよ。言いつけに背《そむ》いてやろうって。私が死に目に立ち会ったら、さぞ驚くだろうって……」

とその顔に、戯《ふざ》けたような表情が浮かんだ。

「もし本人だったら、連れて帰ろうとさえ思ってました」

「それにしても、人違いだったあの人は、一体何者なんでしょう」

綾は、船頭部屋の方に目を向けて言った。

誰とも知れぬ正体不明の男が、この同じ屋根の下に横たわっているのは、気持ちのいいものではない。

「ああ、主人から聞いた話だけど、神戸でも、近藤勇の名を騙《かた》った詐欺《さぎ》がいたんだそうですよ……。その名前で、地元の商人たちに協賛金みたいものを募っていたんだって。その時は、皆で出向いて、成敗《せいばい》したそうです」

「その人も、似てたんでしょうか?」

「あら、それは聞きそびれたけど。でも、あの人はよく似てましたね。似てるから、悪い連中に利用されたんでしょう。何だか分身みたいで、他人事《ひとごと》とは思えませんよ」

なるほど、と綾は思った。

五

千吉が何を思ったか、船頭の夜食用のご飯で、粥を作った。

熱々の粥を、香の物と梅干を添えて全員に振る舞うと、大いに喜ばれた。すっかり温まってか、つねの固い表情はやっと和《やわ》らいで、笑顔ものぞき始める。

外には風が出てきたらしく、どっと横殴りに吹き付ける雨の音がした。

その音を聞いて、つねは思い出したようにふと洩らした。

「……近藤と祝言《しゅうげん》を挙げたのも、こんな風の吹く日でしたよ。ああ、あの時は雨でなくて、雪だったけど」

「雪ですか、いつでございます？」

「万延《まんえん》元年三月の……」

「えっ」

と綾は声を上げた。

「桜田門《さくらだもん》の外で、井伊《いい》掃部頭《かもんのかみ》様が討たれた日……ですか？」

「あ、いえ、日は違います。あちらは三日、雛《ひな》の節句でしたね。こちらは二十九日ですから。でも市ヶ谷《いちがや》と桜田門は、そう遠くはないでしょう。それは驚いたようで……。祝言の日は、その記憶もまだ生々《なまなま》しい時だったのに、また雪がシンシンと積もったもんで」

「春のドカ雪が、三月末に降ったんですか?」

「そう、万延元年は、天変地異の年でした。まだ近藤はただの剣道場の主人で、来る日も来る日も竹刀《しない》を振り回していましたが……。でもあのようなお人が、私みたいな行き遅れを嫁にしたのも、もしかしたら天変地異でしょうね」

何気なく言ったのだが、急に可笑《おか》しくなったらしく、すぐ口を手で塞《ふさ》いで笑った。声は立てなかったが、この人が笑ったのだ。

「あの祝言のころ、近藤も道場の者たちも、寄るとさわると話題にし、とても興奮してました。難しいことは分からないけど、それはもう、なんだか怖いみたいで……。めでたい祝賀の空気の中に、何かが隠れてるみたいな感じでね」

「何かって?」

「そうですねえ、うまくは言えないけど、近藤の身に何かありそうな不吉なもの。今夜のようなことが起こると、私、決まってあの怖さを思い出すんです」

「………」

「今回は、あの分身《ひと》が引き受けてくれたけど……」

この人が、武人の妻であることが、急に強く思われた。

〝奥さん〟とは、骨の髄まで夫と運命を共にする女のことなのだ、と綾は肌身に感じたのである。

いま近藤勇の愛を独占しているという絶世の美女の島原太夫でも、その運命は分かち合えぬだろう。京での夫のご乱行は、たぶん耳に届いていようが、つねは妻としての自信があるように思えた。


「まあ、私としたことが何を言ってるのかしら」

とつねは苦笑して顔を上げ、外の音に耳を済ませた。

外は時々ガタガタと戸が鳴るだけで、雨の音はしない。

「ああ、上がったみたいですよ。船頭さんの言う通りね。千吉さん、お粥ご馳走さんでした。向こうの者に、そろそろ支度するよう言ってくれますか」

千吉が出て行くと、残りの茶を美味しそうに啜って立ち上がる。

「綾さん、お世話になりました……ここは長いのですか？」

「ええ、そろそろ一年になります」

……などとさりげない会話を交わしつつ、玄関に出ると、戸は開け放たれていて、冷たい夜気が吹き込んでくる。

千吉がそばに寄って来た。

「綾さん、玄関にさ、こんな物が置かれてたよ。急いで戸を開けて外に出てみたけど、誰も居なくて……」

と差し出したのは、一束の摘《つ》んだばかりらしい瑞々《みずみず》しい野の花だった。誰かが表戸を開き、土間に置いて行ったらしい。

桔梗《ききょう》、野菊、ススキ、ナナカマドなど、どこの原っぱにも咲いている草花が無造作に手折《たお》られ、束ねられて、雨に打たれぬよう菰《こも》でくるまれている。

野の匂いが香り立つ中に、一通の手紙が忍ばせてあった。

自分宛ではないと知りつつ開いてみると、酒樽などに巻かれる熨斗紙《のしがみ》の裏に、達筆とはいえぬ平仮名で、こう書かれていた。

〝こんどうさま　ごおんはわすれません　ごぶうんをいのります　くににかえります　のぶ〟

「まあ、綺麗《きれい》なお花……」

と何気なく花束を覗き込んだつねは、図らずもその短い手紙を目にしたのである。

「いえ、このお伸さんて人が、あちらで寝ているお侍を、〝近藤勇〟と名指したんですよ。それでこの人違い騒動が始まったんです」

と綾は、こんがらがった事情を明かした。

「お伸さんは、生涯そう信じて生きるでしょうね。もしかしてこれはお伸さんの、恋文かもしれません」

だがその受取人は未だ、生死の境を彷徨《さまよ》っている。

説明を聞いてつねは、改めて手紙に目を走らせ、花束に目をやって沈黙した。そこで何を感じたものだろう。その目から、いきなりぽろぽろと涙が溢れ出たのである。

綾は面食らった。

この場面で涙など、予想もつかないことだった。つねは冷静な賢夫人だし、結局は人違いで、夫君は〝死に目〟どころか、京で大活躍中ではないか……。

だが涙は思いの外《ほか》なかなか止まらず、つねは懐から手拭いを出して顔に押し当て、しゃくり上げている。

思いがけず綾自身も涙した。夫の突然の死を知らされた時のことが、不意に思い出されたからだ。

だがつねの心のうちは、綾には到底、推し測れなかった。もしかしたら恋文を書いたお伸が、自分の分身と思えたものか。

息苦しくなって、開け放たれている戸口からそっと外に出た。

これだけのことを経ても、闇はまだ濃く、夜はまだ明けない。夜気は冷え冷えして、ブルリと震えが全身を走った。

空は雲に覆われ、星も月も出ていないが、雨はすっかり上がっている。

玄関脇の庇《ひさし》の下から駕籠が現れ、玄関前に停まった。

やっとつねが駕籠に乗り、両側から門弟に守られて、遠ざかって行くのを見送った時、ようやく闇の底が微かに白みがかった。

気がつくと表戸の前に、吹き寄せられた落ち葉が溜まっていた。

同じこの夜、亥之吉親分は柳原土手を歩き回り、柳の下に立つ女たちに、話を訊いた。

昼になれば、この女たちはどこかに散ってしまう。

闇の中で斬り合いを見たという女が、一人いた。

そばを通りかかった巨漢の武士が、数人の男らに囲まれ斬られて逃げ道を失い、川に飛び込んだと。

言葉のやり取りはなく、一瞬のことだったという。

襲いかかった男らが何者かは、全く手がかりがない。

翌日になって、千吉と共に再び商人屋敷を訪れたが、出て来たのは昨日の男ではなく、老庭番だった。老人は、屋敷は無人で誰も住んでいないと言った。

偽〝近藤勇〟は翌日、自身番の役人によって公の施設へと運ばれ、意識が戻らぬまま死亡した。

枕辺《まくらべ》には、あの花束が手向《たむ》けられていたという。

第五話　送り舟

一

ゆらり、と玄関の行灯の火影《ほかげ》が大きく揺らいだ。

帳場で文机に向かっていた綾は、おや、と顔を上げた。

廊下側の襖を開けたままにしており、玄関から廊下に差し込む行灯の灯りが、風に揺らぐのが見えたのだ。

この日、昼間は薄雲がかかった曇天《どんてん》だったが、日暮れから雲が取れ、冴え冴えとした空に月がかかっていた。おかみのお簾は風邪《かぜ》けを訴え、帳簿の整理を綾に頼んで、早めに引き上げてしまった。

「おお寒……何だか霜《しも》が降りそうだねえ」

と仕事を終えたお孝が呟いて、勝手口を出て行った。

まだ霜は早い……と綾は思ったが、この季節特有のヒエヒエした冷気が背筋に忍び込み、思わず襟をかき合わせた。

二階からは、酔客《すいきゃく》の間《ま》のびした唄声が聞こえて来る。

慶応三年（一八六七）も、十月。

町人の炬燵《こたつ》開《びら》きまでは、まだだいぶ日があった。


気のせいかと思いつつも、綾は立って玄関に出てみた。

冷たい夜気が一筋、流れ込んでいる。見ると表戸が少し開いていて、その隙間に誰かの顔が見えたように思った。

急いで式台の下駄に素足を差し入れ、ヒヤリとした冷気を足裏に感じながら、土間に下りた。

（またあのお婆か……？）

最近、よく勝手口に出没して、残飯《ざんぱん》を貰って去っていく老女がいるのだった。汚れて垢《あか》光りしているが色や模様の派手な着物をまとい、白髪混じりの蓬髪《ほうはつ》に、いつも花や草を簪《かんざし》のように挿《さ》していて、〝花婆《はなばば》〟と呼ばれていた。

気がふれていると噂されるが、言葉を交わしたことはない。

だが戸を開けてみると誰もおらず、月明かりが土間にさした。

(お勝手に回ったのかな)

と思いつつ戸を閉めようとしたその時、外から強い力が加わって、戸が逆に開いたのだ。

ハッと怯《ひる》んだ隙《すき》に、夜気と共になだれ込んできたのは、二人の武士である。

年嵩《としかさ》の方は背は高からず低からず、黒い頭巾《ずきん》で深く顔を覆い、ぶっさき羽織に袴、若い方はたっつけ袴に陣羽織で、二人はどうやら主従のように見える。

若い侍は音も立てずに戸を閉め、騒がないよう口に指を当てて、押し殺した声で懇願した。

「追われている、匿《かくま》ってもらいたい」

突然のことに綾が戸惑っていると、

「ご免……」

と声を発するや、背後に無言で佇《たたず》む頭巾の武士を、すぐ横の待ち合い部屋に押し込もうとした。

追っ手が迫っているらしく、従者は殺気立っているが、主君の方は、どこか悠揚《ゆうよう》迫らぬ物腰でチラと綾に目を向けた。

頭巾の奥のその眼は、物問いたげな強い光を放っている。

政情不安が慢性化し、治安などあって無きがごとしの今日び、押し込み強盗が玄関先に現れたところで不思議はない。

だがこの主従はそんな輩《やから》には見えず、しかるべき武家の人目を忍ぶ姿に見えた。

綾は、瞬時に心を決めて言った。

「そこは見つかります、こちらへどうぞ……！」

誰にも気づかれずに匿える場所を、一箇所思いついていた。

綾は気を集中して、耳を澄ませる。

二階から賑やかな談笑の声が漏れてくる。客は、日本橋の富裕な商店主が三人で宵の口から呑んでおり、お波が接待している。

台所では、客待ちの船頭竜太が、番頭で下足番の甚八と将棋をさしている。お簾が早退《はやび》けしたのをこれ幸いと、二人は温かい台所に場を移したのだ。この寒いのに、四人の船頭は出払っている。

料理人の新三郎は帰り、竈《かまど》の番は下っ引で手代の千吉の役割だ。

「お履物を忘れずに！」

低く言って綾は、小走りに先に立った。目指すは、船頭部屋と台所をつなぐ、細長い〝斜め部屋〟である。

そこは二階から台所へ降りる裏階段の下に当たり、天井が斜めになっていた。当直の船頭の寝部屋に使われており、その壁際には、客用座布団や、押入れに入りきれない布団の類《たぐ》いが、いつもうず高く積み上げられている。

その奥に潜《ひそ》めば、まずは見つかるまい。

雪駄《せった》を懐に入れて付いてくる二人を、真っ暗な部屋の奥に押し込んだ。台所に出た時、表玄関の戸が開く音がした。

「誰かおるか！」

と叫ぶ声がした。将棋に没頭していた甚八が顔を上げ、はいはい、ただ今……と飛び出して行く。

「ここへ逃げ込んだ者がおろう！」

覆面で顔と頭を覆った男が、声を殺して叫ぶ。

「へえ？」

船頭を退職して一年め、最近は耳がやや遠くなって、応対は少し間延びしている。

「いえ、どなた様も見えておらんですよ」

「二人おったはずだ。隠すなら家探《やさが》しする！」

「そ、それは困ります、お客様がおいでになりますでな」

「えい、爺《じじ》い、どけ！」

同じ覆面の男らが土足で駆け上がってきた。

「止《や》めてくだされ、お武家様、おーい、誰か……」

その声を待って、綾が走り出て行った。

玄関には、数人の覆面の浪人ふうが入り込んでいて、隣の待ち合い部屋を検《あらた》めたり、土足で階段に足をかけたりしていた。

「ああ、お客様、お部屋ならご案内致しますが……」

「ここに逃げ込んだ者がいよう、検めさせてもらう」

「お探しくださっても構いませんが、誰もおりませんよ。私、ずっとこの帳場におりましたから」

綾は頬を強張《こわば》らせて首を振り、襟元をかき合わせた。

その間にも、男らは船頭部屋に入り込んで、押入れを覗いたり、廊下側の襖を開いたりしている。

「あ……そういえば先ほど、前の道を走る足音が聞こえましたけど、もしかしてそれでしょうか？」

「その足音はどこへ？」

「道なりに真っ直ぐ……。ええ、その先に両国橋がございます」

男らは顔を見合わせた。頭《かしら》らしい男は、背後の者らに両国橋方向に向かうよう指示し、自身ともう一人が残った。

「念のため、検める」

「では、どうか、お手柔らかに願います。上のお客様はお武家様ですから、ご無礼があっては……」

その時だった。

どこかの路地からピーッと、けたたましい呼子《よぶこ》の音がしたのである。それは繰り返され、誰かがどこかで人を呼び集めているようだ。

男はギョッとしたように空《くう》を睨み、台所まで入り込んだ仲間を、口笛で呼び戻した。さすがに、町衆や武士と揉め事を起こすのは避けたいのだろう。バタバタと慌ただしく、秋深い澄み渡った夜の中へ飛び出して行った。

だが呼子を吹いたのは、千吉の機転だった。

男らが出て行ってから、台所に導かれた二人のうち、若い従者が迷惑を詫びて、舟を頼みたいと申し出た。

「あ、舟は勧《すす》めねえすよ」

千吉が、手を振って言った。

「外に、見張りが隠れてるかもしれねえんで。皆で両国橋へ行ったと見せかけたのは、罠《わな》かもしれねえし」

賊どもは思いの外《ほか》あっさり出て行ったから、何か仕掛けがあるかもしれないと案じたのだ。綾もこれに賛成した。もし見つかって斬り合いにでもなれば、篠屋も巻き添えを食う。

ちょうどその時、

「お客様、お発《た》ちです！」

というお波の声に続いて、二階から下りてくるお客の足音がした。

綾と甚八はそちらに出て賑やかに送り出し、その隙に千吉が、二人を台所の奥出口から庭に導くことにした。

その出口は蔵に通じており、蔵の背後に、日ごろあまり使わない裏木戸がある。そこから、人っ子一人通らぬ裏通りへと逃がすのだ。

その夜、床《とこ》に入ってから、綾はなかなか寝付かれなかった。

終始無言だったあの武士は、一体何者だろう。ちゃんと帰られただろうか。

あの時、花婆の気配を感じたのは、気のせいだったか。

戸口にはいなかったにせよ、夜の町を徘徊《はいかい》する花婆が、二人を篠屋に導いたように何となく思えたのだが。

あの老女は若い時分、吉原の花魁《おいらん》だったと噂されている。だから気がふれても、髪に簪を挿すように、花や草花を挿すのだと。

二

十月に入ると忙しく、綾は襷を締め直した。

晩秋から初冬に移るこの時期、そろそろ冬支度が始まる。

床の間の掛け軸の出し入れに始まり、衣類や寝具、食器類の調整、炬燵開きの準備……と何かと雑事が押し寄せるのだ。

十日夜《とうかんや》は、収穫を祝う今年最後の月見の宴である。篠屋では、亥《い》の子餅《こもち》を作って、客に振る舞った。

その翌十一日の午後遅く――。

千吉が、勢いよく勝手口から入ってきた。

「綾さん、いる？」

と息を弾ませて呼ばわりながら、ずかずかと水瓶《みずがめ》まで進み、柄杓《ひしゃく》一杯の水を一気に呑みほし、むせて咳き込んだ。

「水くらい落ち着いてお呑みよ、このばかが。唾《つば》がかかるじゃないか」

山ほどに大根を切っていたお孝が、大声で叱った。叱られ馴れている千吉は少しも動じず、そばで芋《いも》の皮を剝《む》いている綾に言った。

「綾さん、ちょっといいかい」

声が逸《はや》っているの気づき、綾は黙って包丁を置く。前垂れで手を拭きながら、千吉のあとについて勝手口を出た。暖かい台所にいたせいか、ひやりと冷たい空気に身震いした。

「おれ、もしかしたら、こないだのお侍の正体を突き止めたよ」

「もしかしたら……って？」

「もしかしたら違うかもしれねえからさ。ともかくおいら、今日、竜ノ口《たつのくち》に行ったんだ」

竜ノ口は、和田倉門外《わだくらもんがい》の地名だが、そこに評定所《ひょうじょうしょ》（裁判所）があることから、そう呼ばれることが多い。

評定を行う最高機関で、通常は寺社、町、勘定の三奉行の合議で決められるのだが、十一日は、老中が出座《しゅつざ》する式日《しきじつ》に当たっていた。

千吉は時々、その結果を、亥之吉親分や他の親分衆に頼まれて、訊きに行かされることがある。

翌日には分かることなのだが、自分が関わってきた案件であれば、その判決を一刻も早く知りたい。そこで親分衆は顔の利く者を内部に作っておき、多少の袖の下で、内々に教えてもらうのだ。

千吉はこの日、評定が終わりそうな頃合いを見てその者を訪ね、知りたい情報を得た。

そのまま裏門から出ようとしたが、庭は紅葉が美しく、樹木ではチチ……と雀《すずめ》がしきりに鳴き騒いでいる。その長閑《のどか》さに誘われ、何となくぶらつきながら、表口の近くまで行った。

……というのは表向きの話。実は時間がうまく合えば、退出する老中や大目付など雲の上の人達の姿が、直々《じきじき》に見られるのだ。親分から貰う駄賃より、こちらが楽しみだった。

この時も、表玄関に駕籠《かご》が横付けになっており、何人かの従者が威儀《いぎ》を正して待っていた。誰かが乗り込むようだ。

その駕籠は、〝乗り物〟と呼ばれる立派な小窓付の駕籠であり、駕籠脇の従者も数人いる。

（乗るのは老中か？）

と興味津々《しんしん》で、少し離れた木陰に潜んでいると、やがて容子のいい武家が、うつむき加減で早足で出て来た。

中肉中背で、小倉の袴に、紋のついた羽織を召している。若く見えるが四十代に入ったろうか。

急いでいるようだったが、駕籠に乗る直前に、玄関脇で咲く薄紅色の見事な山茶花《さざんか》の茂みの前で、ふと足をゆるめた。

目を上げて花を見たほんの一瞬、その顔は千吉の方へ向いた。

濃い眉と切れ長な目の端正な顔立ちだが、その目には強い威力が備わっていて、なかなかの面魂《つらだましい》である。

尊顔を拝することが出来た千吉は、満足するより何となくハッとした。初めて見たのに、いつかどこかで見たような気がしたのだ。

台所の仄暗《ほのぐら》い灯りの中で見た、頭巾姿が思い浮かぶ。

この位置からでは細かいところまでは見えないが、全体にその佇まいが似ていた。とりわけ花の前にふと足を止める姿は、あの時の、どこか他人事《ひとごと》めいた悠揚迫らぬ物腰を彷彿《ほうふつ》させる。

聞いたところでは、今日の出座は稲葉正邦《いなばまさくに》様の予定が、何の不都合があってか、急に、小笠原壱岐守《おがさわらいきのかみ》様に代わったという。

(自分らが助けたあのお武家は、このお方か……?)

そう考えると、息も止まる思いがした。

ともかくも、この老中の顔や家紋を瞼に焼き付けておこうと思った。

幾つか覚えているものはあるが、この家紋はそのどれにも当てはまらない。だが覚えやすい形状だったから、あとで調べようとその形を記憶しておいた。

帰る途中、八丁堀に寄って亥之吉親分に報告し、ついでに見てきた紋について訊ねてみた。

「そりゃ〝三階菱《さんがいびし》〟じゃねえか。唐津《からつ》小笠原家の家紋だよ」

と親分は言い、家紋帳で調べてくれた。

この小笠原壱岐守は、今は唐津藩の世子《せいし》で、次期藩主であるという。あの駕籠に乗ったのは、間違いなく壱岐守だった。だが、先日の頭巾の武家と同一人物かどうかは、定かでない。

いや、常識では同一人物とは考えられなかった。京での動乱が伝えられるこの時期、ご老中ともあろうお方が、供を一人連れただけで夜の町を歩くはずがないのだ。

「だから、もしかしたら……って言ったんだ」

と千吉は言った。

「小笠原壱岐守様？」

綾は驚いたように呟き、そのまま何か思い出すように空を仰ぎ、首を小さく振ってしばし沈黙していた。

「ふーん」

とまた口の中で唸って言った。

「千さん、よく突き止めたねえ。この壱岐守様って、ちょっと変わったお方だから、きっとあの頭巾の人と同じだと思うわね……」

「綾さん、大奥にでもいたんすか？」

と千吉は驚いたようだ。

「ご老中のことあんまり詳しいんでさ」

「いえ、たまたま詳しい人がそばにいたのよ。その人から、よく聞かされてただけ。古い話よ」

と綾は笑って軽い調子で言ったが、本当は深い感慨にとらわれていたのである。

唐津人、小笠原長行《ながみち》。

その名は、遠い記憶の底から、不意に浮かび上がってきた。

今は思い出すまいとしている遠い記憶を引き連れて、それは一気に綾をワシ摑みにした。

その名を教えてくれたのは、五年前に亡くなった夫である。新進の蘭方医《らんぽうい》だった北《きた》嶋平四郎《じまへいしろう》――。

いや、夫と言っていいかどうか。どこに届けたわけでもなく、誰の承認も得ておらず、互いの親族にも会っていない。ただ何年かを共に暮らした相手だが、綾は夫と思っている。

その平四郎が師事していたのは、昆泰仲《こんたいちゅう》という蘭学者だった。泰仲は、蘭学ばかりか漢学の素養にも長けていた縁で、漢学を学んでいた小笠原長行と親交があったのである。

長行という人物は、四十を過ぎて突如、世に出た人だった。

唐津の若殿に生まれながら藩主になれず、若い盛りの二十何年を、深川にある唐津藩下屋敷に、ひっそりと埋もれて過ごした。

だがある時、晴天の霹靂《へきれき》のように脚光を浴びた。それからは奏者番《そうじゃばん》、若年寄、老中格、老中……と信じられない早さで出世の階段を駆け上がり、わずか十年足らずの間に、頂点まで上り詰めたのである。

その間、二度も老中を罷免《ひめん》されているが、この慶応三年には、三たび老中の座に返り咲いていた。

泰仲はそんな唐津の若殿の、常人ならざる生き様を、弟子たちによく語り聞かせていたらしい。

一門の平四郎はその話に、感じるところがあったのだろう。折にふれて、熱心に綾に話してくれたのである。

先日の夜中、篠屋に助けを求めて飛び込んで来た武家が、幕府の某老中と〝そっくり〟だった。

……という話は、篠屋の帳場と台所で、秘かな論議を巻き起こした。もっとも同一人物を主張するのは、千吉と綾だけ。お簾、お孝、お波、薪三郎、竜太らは、頭から否定した。

ところが、そこへたまたま帰って来た主人の富五郎は、それを聞き、

「わしはどのご老中も存じ上げない。だから意見を言う資格はねえんだが、そのお侍は小笠原様に間違いねえ」

と断言したのである。

「理由？　そんなもんはねえさ、そういうお方なんだ」

日ごろ、ご政道にはあまり関心の無さそうな富五郎が、意外にも小笠原様を熟知し、贔屓《ひいき》にしていることに皆は驚いた。

「大体だね、五年前の生麦《なまむぎ》事件を考えてみろ。あれを落ち着くところに落ち着かせたのは、小笠原様なんだよ」

イギリスから莫大な賠償金《ばいしようきん》を要求された時、京におわす外国嫌いの孝明《こうめい》天皇は〝払ってはならぬ〟と厳命。将軍後見人の徳川慶喜《とくがわよしのぶ》は、この朝命を金科玉条《きんかぎよくじよう》として幕府に押し付けた。

だが払わざれば攻撃する、と英軍艦が神奈川沖《かながわおき》に集結しているのだ。

大砲の弾に逃げ惑うのは、江戸庶民である。

この時、責任逃れしか頭にない老中らが無策静観の中、神奈川に赴《おもむ》いて、独断で支払ったのが〝老中格〟小笠原長行だった。

英領事館《りょうじかん》まで金を運ぶ馬車は、二十二台に及んだという。

「あの時、誰も矢面《やおもて》に立たなかったら、どうなっていたと思うか。江戸は火の海だ。わしらは今ごろ、イギリス人の奴隷さね。あれだけお覚悟のある殿様は、他にお見受けしねえ。あの殿は、江戸の恩人とわしは思っとる。何十万両もの金をモノともしねえお方が、夜の独り歩きなんざ、恐れるもんかね」

「…………」

煙に巻かれて沈黙する皆に、富五郎はさらに続ける。

「お前らがその恩人をお助けしたのは、篠屋始まって以来の手柄《てがら》だ。鉦太鼓《かねたいこ》で広めたいところだが……いいか、ここが肝心だ、このことは当分喋るな。篠屋にとっちゃ名誉だが、殿様にとっちゃ不名誉だからな」

それでなくても、開国を唱える壱岐守様には敵が多い。

特にこの夏、揉めていた兵庫《ひょうご》を開港し、異人が京へ上る距離を近くした。それを快く思わぬ攘夷派が、鵜《う》の目鷹《たか》の目で狙っているという。

「それはかりじゃねえ。これからは、もっと世の中騒がしくなる。何があっても、知らん顔しておれ」

三

敬七郎《けいしちろう》長行は、唐津六万石の正統な世継ぎだった。

唐津藩主・小笠原長昌《ながまさ》の長子に生まれ、幼少のころは行若《みちわか》と呼ばれた。ところが二歳で、父に先立たれたことで、数奇な人生を歩むことになるのだ。

他藩ならただちに藩主を継ぐところだが、近くに長崎《ながさき》をひかえたこの藩には、特殊な背景があった。

唐津藩はその海外貿易による特権を許されていて、六万石をはるかに上回る潤沢《じゅんたく》な収入があった。その代わり、島原《しまばら》城主と唐津城主が、一年交替で長崎を巡検《じゅんけん》する任務を課されていた。

だが二歳の幼君では、とてもその大任を果たすことは出来ない。

さりとて任務不可能と知られれば、容赦なく公儀の手が入り、国替えにされるだろう。国を挙げての引っ越しは莫大な費用がかかる。その上に、実入りが減っては藩財政が立ち行かぬ。

重臣らは〝若殿擁立派〟と〝他藩から養子を迎える〟派に分かれ、激しい論争を繰り広げた。あげく、幼君を廃しご養子を新たに迎える、という非情な決断を下したのである。

だが正当な世嗣《せいし》がありながら、他藩から養子を迎えるには、それ相応の理由がなければならない。

重臣どもは、若君は〝聾唖《ろうあ》の廃人〟と江戸表《おもて》に届け、世継《よつ》ぎの権利を永遠に葬《ほうむ》り、部屋住み（居候《いそうろう》）として、城中二の丸に押し込めてしまったのだ。

だが皮肉にも、生ける屍《しかばね》となった若君は、幼少より優れた資質を発揮し始めた。

心痛する老臣は、十二になった行若を護《まも》って江戸へ上り、唐津の元藩主で、老中の水《みず》野越前守《のえちぜんのかみ》忠邦《ただくに》に目通りし、助力を乞《こ》うた。だが主従は、けんもほろろに追い帰されてしまう。

かくなる上は、勉学にいそしんで静かな余生を送るしかない。そう覚悟して再び江戸に上り、隠居の態勢を整えた時、長行は二十一歳だった。

前藩主の息子でも、厄介者《やっかいもの》扱いの部屋住みでは、藩の上屋敷には入れてもらえない。

許されたのは江戸の東端、深川高橋《たかばし》の下屋敷の一隅で、ごく小さな離れ屋の〝背山《はいざん》亭《てい》〟に立てこもった。

それが天保《てんぽう》の改革が失敗に終わってゴタつく天保十三年(一八四二)。

この地でわずか数人の召使いに傅《かしず》かれ、月十五両でやりくりする質素な暮らしが始まった。

だが、嘆きもせず、憤ることもなかった。何を今さら！　むしろ、よくぞここまで来れた、と諦観《ていかん》した様子が見られる。

外からの思惑とは逆に、山あり谷ありの広壮な藩邸の庭は、弓馬の鍛錬の場として活用した。また世捨《よす》て人《びと》の有り余る時間を、一書生として、文人墨客《ぼっかく》との研鑽《けんさん》に精魂を傾けることが出来たのである。

そんな事情で、背山亭には、江戸の名だたる漢学者、蘭学者、文人、砲術家までが次々と招かれた。

藤田東湖《ふじたとうこ》、高島秋帆《たかしましゅうはん》、松田迂仙《まつだうせん》、安井息軒《やすいそっけん》、江川太郎左衛門《えがわたろうざえもん》、藤森弘庵《ふじもりこうあん》……。当時の名のある学者文人で、背山亭に出入りしない者はいないと言われたほどという。

ペリーによって幕府が大揺れに揺れた時から、深川にこもる長行の前に、世間への扉が少しずつ開かれ始めた。

その名が世間に広まったのは、出入りの学者を通じてである。

号は小笠原明山《おがさわらめいざん》、愛称明山公子《めいざんこうし》。

その英才ぶりは、学者たちをいたく驚かせていた。

学者らの称賛の声は、やがて土佐藩主山内容堂《やまうちようどう》や、徳島藩主蜂須賀斉裕《はちすかなりひろ》らの耳に届くことになる。

「明山公子、何者ぞ」

と容堂が真っ先に動いた。こんな逸話がある。

容堂は、この噂高い三十四の長行を自邸に招いた。

だが何度招いても、断りが届くばかりで本人はやって来ない。五度めにやっと、参邸した。

容堂は客人を客間に通させ、散々待たせた挙句《あげく》にいきなり現れ、

「貴公は礼儀知らずのうつけ者だな。この難しいご時勢をどう思っておるか。再三再四に亘《わた》るこの容堂の招きを、何と心得るか！　難事多いこの徳川体制をいかにせんと、腹を割って意見を聞こうとするも、貴公は省《かえり》みる気もなさそうだ。予にももう話す気はない。お引き取りいただこう！」

と喚《わめ》き立てて、座を立ってしまった。

真っ青になった家来は、飛んで行って平身低頭で無礼を詫びる。だが長行は笑って言った。

「いや、ご心配は無用でござる。ただ私は少々空腹である。茶漬けでも一杯ふるまっていただけぬか」

家来は大急ぎで御膳を出すと、世間話をしながらゆうゆうと数椀《たい》平らげて、礼を述べて帰って行ったという。

それを陰から見ていた容堂は、すっかり長行の人となりが気に入って、推挙《すいきょ》するべく、幕府に上がる。その席で初めて、

「嫡子行若、聾啞のゆえをもって廃人」

と唐津藩から届け出があるのを知り、肝《きも》を潰《つぶ》したのである。

「廃人を復活起用の前例これ無し」

と言われてはどうにもならない。

容堂は、唐津藩の江戸家老らを自邸に招いて歓待し、

「しかし貴藩はよほど人材が余っておると見えるな。明山公子が廃人ならば、貴公らは何であるか」

と気合を入れ、〝廃人復権運動〟を焚《た》きつけたのである。

そうした幾つもの動きが功を奏して、安政《あんせい》四年（一八五七）九月、唐津藩より突然、公儀に届けがあった。

「敬七郎長行、病気全快」

という書状だった。

それと同時に、藩主長国《ながくに》の養子になることが決定し、長行は晴れて六万石の世子になったのである。

長行三十六歳、義父となる長国はその二つ下だった。

四年後の文久《ぶんきゅう》二年（一八六二）七月には、容堂の強い推挙で、奏者番として城に上がることになる。それからはぐんぐんと才覚を表して、すぐに若年寄へ、さらに老中格、老中へと進む。

開国という大困難に直面した江戸幕府は、大胆な政策を建白《けんぱく》する気鋭の逸材を求めていた。ぎりぎりで長行は表舞台に登用され、この屋台骨が揺らぎ始めた幕府を、渾《こん》身《しん》で支えることになる。

話の中でのみ知っていたその人物が、突然目の前に現れた。

それは、神様のお引き合わせだったかもしれない。お城は雲の上と思って来たが、柳橋とは地続きだったのだ。

平四郎が生きていたら、どうだったろう。

そんな思いが湧き、自分がずっと平四郎の死から遠ざかっていたことを、今更に思わざるを得なかった。いや、夫ばかりではない。あれほど気にかかっている父と兄のことも、どこかで捨てている。

(自分が生きることで精一杯だった)

とも思う。辛い過去は、思い出さないのに限る。忘れるのではない。心中の奥へ押し込んでおくだけだ。

それにしても……。

平四郎が死んでから、一門の友人達に、一度でも会ったことがあるだろうか。会って世話になった礼を言うどころか、悲しみのあまり、自分自身も皆の前から消えてしまっていた。

不義理を重ねた上、名前すら忘れてしまった人もいる。

その夜――。

寝床に入ってから、綾はしきりに記憶を辿った。

思い出そうと集中してみると、二、三人は、顔も名前も蘇《よみがえ》ってくる親しい友人がいた。

平四郎は、たまに友人を家に連れてきて酒盛りをした。綾が酒のつまみを手早く作るのが、自慢だったかもしれない。

何につけ口数が少なく、綾は優しい言葉をかけられた記憶はない。

そんなものだと思って満足していた。

そんな夫が、珍しくよく口にしたのが、あの人物のことである。綾はいつも、ふーんと頷いて感心するばかりで、今思えば、もっとマシな感想を言ってあげても良かったのだ。

そのうち……と思ううち、逝《い》ってしまった。

思い出してみると、家によく来た友人の一人が、鮮やかに思い浮かぶ。

しばらくご無沙汰していたその友人を、この春ごろだったか、両国橋界隈の雑踏でチラと見かけたことがある。

たまたま両国橋の上を、ピーヒャラドンドンと楽器を打ち鳴らし、マンテル《マント》にズボンという洋装の幕兵が、行進していた。

まだ新しい幕府歩兵伝習隊の、洋式調練の行進だったろう。

先頭の若者たちが太鼓を叩き、その背後をやはり十五、六の若者らが、ラッパを吹きながら続いた。

その陽気で賑やかな楽音につられ、黒山の人だかりだった。

綾も人垣の隙間から見ていたのだが、ふと向かいの人だかりの中に、見覚えのある顔を見たのであった。

あれは？

洋装歩兵の行進をじっと眺めている三十半ばの男……。

背はさほど高くないが、がっしりしていた。人垣から覗く顔は、浅黒く角ばって、その目は炯々《けいけい》とした光を放っている。

一門でも優秀な高弟で、平四郎と最も親しかった。

佐倉《さくら》藩の藩医として江戸に来て、そのまま居着いたが、酒を飲むとよく佐倉の話をした。藩は蘭学を真っ先に取り入れて、今は「順天堂《じゅんてんどう》」という蘭学塾が大繁盛していると。

名前は、藤倉玄周《ふじくらげんしゅう》といった。

あのころはまだ妻帯しておらず、酒の強い剛直な男だったと記憶する。木挽町《こびきちょう》界隈に医院を開業して住んでいたはず……。

綾は思わず手を振ったが、行進を挟んでのこちら側など、目を向けるはずもない。

慌てて長い列の最後尾まで行って道を渡り、あとを追った。

だが人混みに紛れて見失い、それきりになってしまった。


あれこれ思い出すうち、何故か涙が出て来た。

悲しくはないのだが、何もしてこなかった自分への後悔だろうか。涙が止まらなくなった。隣のお波に背を向けて泣き続け、ぐっしょりと枕を濡らした。

外を蕎麦屋の声が通り過ぎて行く。すると、ガラリと表玄関が開く遠い音がして、誰かが蕎麦屋を追っていくようだ……。

四

綾は翌朝、千吉に一つ頼み事をした。

木挽町界隈に、藤倉という看板を出した蘭方医系の医院がないか、調べてほしいと。

午後になって千吉は、朗報を持ってきた。

〝藤倉診療所〟は、屋敷町と運河に挟まれた下町に見つかった。

木挽町でも京橋《きょうばし》に近く、運河沿いにある古い門構えの町家に、その看板があったという。簡単な地図を書いて渡してくれた。

この日は行けなかったが、翌日の午後一番で家を出た。日本橋の呉服問屋など、三件の頼まれごとを抱えている。

朝から陽は射していたが、冷たい北風が川から川へと吹き抜ける。肩に纏った肩掛けに、首まで埋まって足を速めた。

早めに用事を済ませて、日本橋からその診療所の前までは、四半刻（三十分）以上歩いたろうか。

ちょうど泣き叫ぶ幼子を腕の中であやしながら、母親らしき女が門を潜って出て来たところだ。門を潜ると庭は広く、屋敷も古いなりに奥に広がっている。綾は横の勝手口に回って、呼吸を整えた。

戸を開いて案内を請うと、どこか藤倉に似た老女が出て来た。綾と名乗り、藤倉先生を呼んでくれるよう頼んだ。

待たされる間、勝手口前の山茶花を眺めていた。薄紅色の山茶花が満開で、薄ら寒い裏庭の一隅を華やかに引き立てている。

評定所に咲いていた山茶花も、壱岐守の足を止めさせたほど、瑞々《みずみず》しく咲いて寒気に立ち向かっていただろう。

そう思うと、縮まっていた気分が和《なご》んでくる。

背後に人の気配がして振り向くと、薄暗い上がり框に、小柄だががっしりした男が立っていた。紺木綿の筒袖《つつそで》に、同色の野袴、素足……。

藤倉だと一目で分かる。色黒な顔に、むさくるしい頬髭で、どんぐり眼で睨みつけてくるようだ。質実剛健、頭脳明晰、その上に情に篤《あつ》い人柄とあって、師の一番弟子と目《もく》されていた。

「お忙しいところ突然すみません。北嶋の家内の綾です」

と綾が頭を下げると、相手は挨拶抜きで、畳み掛けてきた。

「綾さん、あんた一体どうしていなさった？」

その率直な言い方も、前と少しも変わらない。

突然訪ねてきたので、綾の身に何かあったかと案じたのだろう。いやもしかしたら、金を借りに来たと思ったか？

「今は柳橋で働いております」

「柳橋……」

言ったきり、また呆然として綾を見ている。

藤倉は、ただただ驚いていたのである。

平四郎が死んでから連絡を取ろうとしたが、住所が分からず、諦めていた。それが、さして遠くはないあの両国橋界隈にいたとは……！

「で、柳橋では……？」

「今は篠屋という船宿で、下働きをしています」

綾は、いかにも女中然とした貧しい着物を指さして笑った。

「残念ながら、無芸の私には、芸妓はとても無理でしたから」

「いや……」

藤倉もつられて笑った。

「何も考えずに夢中で働いてきたけど、このところ藤倉様にお会いしたくなって、いろいろ探したんです。でも突然ですから、もし今日ご都合が悪ければ、後日の約束をするだけでもいいと思って……」

「いやいや、ちょっと待っていただけたら、ぜひ今日……」

綾は京橋の水茶屋で待つことになった。

店を探し当て、先に入って待っていると、ややあって藤倉は、紺木綿の作務衣《さむえ》を外出用の羽織袴に着替えてやって来た。

診療は助手たちに任せたという。

菓子付きのお茶を二組注文してから、藤倉は、藩医を続けながら医院を開業していることを話し、すぐにあれこれと質問してきた。

綾が女中奉公をしているのが意外らしく、何かと案じているらしい。

綾にしてみれば、女中奉公が楽しい訳はないが、今の世情では仕方がないと納得しているのだが。

「実を申しますとね、藤倉様にお会いしたくなったのは、かの〝オガサワラ様〟のお陰なんです」

互いに打ち解けてから、綾は〝小笠原〟をわざと強調して、そう切り出した。その名は、一門では、共通の敬愛の情があったからだ。

だが何故か藤倉は、ひどく驚いた表情になった。

「えっ、壱岐守様……と？　どういうことですか？」

「ええ、ここだけの話ですけど……」

富五郎には口止めされているが、藤倉は別だと思った。

「実はね、最近こんなことがあったんです」

と、先日、篠屋に飛び込んで来た頭巾の人物が、ある老中とよく似ていると知ったいきさつを話した。

「その御老中が、小笠原壱岐守様だったんですよ」

「…………」

藤倉は黙って綾を見つめていて、何とも答えない。何となく綾は気が差して、弁解めいて付け加えた。

「ああ、頭巾のお方と同一人物だったかどうかは、ただの推測です。でも何だか、昔聞いた話が思い出されて……」

「一つ、伺ってもいいですかな」

と藤倉は頷いて、遮《さえぎ》った。

「その頭巾の人物が、篠屋に助けを求めたのはいつですか？」

「ええと、あれは……」

そう、十月になったばかりの寒い日だった。

「十月一日か二日……ええ、一日の夜更けだったと思います」

「なるほど」

とまた藤倉は何か考え込み、茶碗を抱えて冷めてしまった茶を、ズルズルと音を立て啜り上げた。

「あの、何かあったんでしょうか？」

「そうですな、うーん、言っていいかどうか分からないが」

とまた空《から》の茶碗の底を啜り上げ、そばに置かれた急須から、残りの茶を注いだ。

「せっかく来てくれたんだから、言いましょう。あの夜、壱岐守様は、我が家に見えたのです」

「ええっ……」

今度は綾が驚く番だった。絶句して目をみはる綾を尻目に、藤倉は続けた。

「そうです。もう夜も五つ（八時）に近いころ……表玄関に、客が来たんですよ。もう診療は終わって、灯火も消していた。だがうちは医院だから、急患は何時《いつ》でも受け付けます」

急ぎの方は裏玄関に回ってほしい……と当直の医師が中から声をかけた。すると低いが響きのいい声で、

「病人ではない。藤倉先生にお取り次ぎ願いたい」

と返って来た。

「それで私が出ると、藤倉本人と確認した上で、名を名乗られた。正直、腰を抜かさ

んばかり、ってな気分でした。尊師を通じて御名前は存じ上げていたが、目通りしたことは一度もないから……。取り次ぎに出た弟子に至っちゃ、その名前も知らなくてね。いや私も一瞬、別人ではないかと……」

その時の慌てぶりや、藤倉邸の騒ぎを思い出すように、藤倉は苦笑して小さく頷いた。

「そういえば、その時、頭巾を被っておられたかな。奥にお通ししてから頭巾を取られたんだが、私はもう一度驚きましたよ。いや、なかなかの男前であられたんでね」

ここで初めて笑い、黙り込んだ。

「……で、御用は何だったんですか？」

相手の沈黙が長かったので、綾は思わず先を促した。

「うむ、実は泰仲先生が、少し前に亡くなられたんです」

「まあ、どうなされて？」

「卒中《そっちゅう》でした。壱岐守様とはかなり親交があったと伺っていますが、しかし……。幕閣に入られてからはご多忙で、背山亭の交わりは自然に途絶えたようでね。疎遠になった今、老中の弔問は迷惑であろうと、弟子の私にいろいろ訊ねられ、仏前の供物《くもつ》などを託されたのです」

「はあ」

そういうことがあったのか、と綾は頷いた。

「では、壱岐守様は、そのあとに柳橋に向かわれたんですね」

「……でしょうな。まあ、何かと話があって遅くまで話し込んだんで、一杯やりたくなられたんでしょう。ここを出られたのは、五つ半（九時）をだいぶ回ってからで……。駕籠を呼んで、この門前でお乗せしたんです。どこへ行かれるとも伺わなかったけど、八重洲《やえす》の老中屋敷に帰られたとばかり……。そうですか、あれから柳橋へねえ」

藤倉とは、近い再会を約束して別れた。

だが時代の波が、すぐ近くまで押し寄せていたのである。

五

十月も押し迫ったころから、お客の口を通じ、また船頭らの雑談から、妙な噂が耳に入るようになっていた。

「徳川幕府は失くなったようで」

というのだ。失くなるとはどういうことなのか。

江戸の町はいつも通りに動いているのだ。通りを縫う棒手振《ぼてふ》りも、川を上下する船頭も、飛脚も駕籠屋も、誰もが前と同じに働いてる。

綾が生まれた時から、御城には〝公方様《くぼう》〟がおわしまし、引きも切らず登城するきらびやかな大名行列が、目に残っていた。

日本の隅まで届かせたあのご威光は、一体どこへ行ってしまったのか。

富五郎によれば、

「千歳《ちとせ》の寿命を誇る鶴《つる》も、時が来ると死ぬ。それと同じようなもの」

だそうである。

「公方様だって、二百何十年も守り続けた天下人の座を、朝廷に返上する時が来たのだ。ただし幕府は崩れ去っても、徳川家は失くならん。これからは普通《なみ》の諸侯に列し、〝徳川藩〟になるのだ」

一大名としての、徳川藩！

しかし八百万石を有する徳川様だ。権勢を誇った公方様や旗本衆が、あっさりすべてを手放すものだろうか。

これから江戸はどうなるのか。そこが皆目《かいもく》分からない。

「閻魔堂はどうしたんだろうねえ」

とお孝がよく呟いた。

こんな時に閻魔堂が現れれば、たちどころに肝心カナメのことを教えてくれるに違いない。だがこの秋口から、閻魔堂の姿はぱったりと見えなくなっていた。

そんなある午後。

使いから帰る途中、両国橋に近い川沿いの原っぱで、子どもらが騒いでいるのを見かけた。

近寄ってみると、まだ前髪だちの子ども数人が、地べたに蹲《うずくま》っている者を囲んで、蹴ったり棒で突いたりしているのだ。

そばに寄って覗き込むと、攻撃されているのはあの花婆ではないか。

「お止《や》めなさい！」

綾は大声で叱った。

「お年寄りに寄ってたかって何なの、それでも男の子？」

「だって婆ァのくせに花なんかつけてる」

「気味悪いから、シッシッって追っても動かない」

子供らはにやにや笑って、口々に言う。見たところ、近くの裏店《うらだな》の悪童どもだろう。

綾は睨みつけて言った。

「強い子は、弱い者いじめはしないもんだよ」

「違わい、弱い者いじめなんかじゃねえや。陣地に入って来る奴は追っ払うんだ。シッ、あっち行け」

言って、また小石を花婆の足元めがけてぶっつける。

「お止めったら！」

思わず、大人気《おとなげ》なくも叫んでいた。

「ケガでもさせたら、奉行所の親分さんに来てもらうからね！」

「へっ、もう奉行所なんてねえって、お父っつあんが言ってたよ」

「そうだそうだ、ここはおいら達の陣地だ！」

バラバラと小石が飛んで来て、綾の肩や腰を掠《かす》めた。綾は思わずしゃがんで、風呂敷包をかざして石を避け、尻餅をついた。

思わず唇を嚙んだ、その時だ。

バシッと鋭い音がして、わっと子どもらが散った。一人が振り上げた棒に、石礫《つぶて》が見事に命中したのである。

「お前ら、勘違《いじ》いすんな！　奉行所はあるぞ」

手で石を弄りながら歩み寄って来たのは、ひょろりと背の高い千吉だった。十手《じって》はまだ許されていないが、脅し用の紛《まが》い物を、じんじん端折《ばしょ》りの腰に差している。

「お奉行様も、岡っ引の親分衆もちゃんといなさる。おいら、たった今、そこから帰って来たんだ。文句あるなら、一緒に行くかい？」

子どもらは呆気《あっけ》ないほど、逃げ散った。

「……ッたくひでえ悪ガキだな。大丈夫かい。ほれ、摑まんなよ」

「有難う、少し遅かったら大変だった」

差し伸べられた手にすがって立ち上がり、背後を見て驚いた。

いつの間にか花婆は消えてしまっていた。髪に挿していたらしい、藪椿《やぶつばき》の花が落ちている。その花を拾って、千吉が呟いた。

「逃げ足速ェなあ、歳のくせに……」

「見かけよりお若いのかもよ」

「うん、そうかもね。綾さん、あの花婆のことでちょっと話がある」

と言い、二人は肩を並べて歩きだした。

「おいら、その辺で熱い甘酒呑みてえけど、付き合う？　おごるよ」

両国橋西詰の、〝甘酒〟の幟《のぼり》の出ている茶屋まで歩いた。

「実は昨日、亥之吉親分から呼び出されて、妙な話を聞いたんだ。そのことで、今日はちょっと歩き回ったよ」

甘酒を二つ注文して向かい合うと、千吉はすぐにも声を低めて喋りだした。

先月、横濱でさる大掛かりな密輸事件が摘発され、何人か捕まったが、その一人が、今月に入って牢内で死んだという。

「それがどうやら毒を盛られて、口封じされたらしい」

運ばれてきた熱い甘酒を、千吉はふうふう吹きながら語る。

発見された時はまだ息があったため、牢内の診療室で手当てした。その牢医が、新《しん》材木町《ざいもくちょう》の老医師仙石玄斎《せんごくげんさい》だったから、容赦ない。

「黒幕は誰なんだ？　成仏したけりゃ、この世の荷物はこの世に下ろして行くことだ。何でも喋っちまえ」

と、話しかけた。

すると男は虫の息で、こんなことを言ったという。

自分はさる藩の脱藩浪人で、剣の腕を頼りに、人を斬ることを生業《なりわい》として来た。関心は成功報酬だけで、黒幕など知ったことじゃない。

だが最近〝いい話〟が入ったので、これ限りで足を洗って国に帰り、藩のために何かしようと、殊勝《しゅしょう》なことを考えた。ところが失敗したため金を貰えず、金欲しさに今度の仕事に加わった……。

「しかしこれもドジった。今まで失敗したことねえのによ」

それきりしばらく黙ったが、声はさらに陰々滅々と続いた。

「……あの時、わしら、さる人を追ってたんだが、柳橋の袂《たもと》辺りで見失った。……その闇溜まりに夜鷹《よたか》がいた」

〝どっちに行った？〟と問うても、答えない。月明かりで、髪に花を飾り白い化粧をした、美しい女が仄かに見えた。

男は手にした龕灯《がんどう》で、パッとその顔を照らした。するとそこには、白塗りの化粧がひび割れた、恐ろしい老婆の顔が現れた。

驚愕の余り斬りつけようとしたが、頭《かしら》に止められ……左右を見晴るかすと、先に〝船宿篠屋〟という提灯が見えた。

「押し入って家探ししたが、総《すべ》てはそれまでよ。あんなものを見たのが、運のツキだ。

あれ以来、祟られっ放しさ……地獄まで祟られそうで、死ぬに死ねねえ……」

「いや、それは違うぞ」

牢医はきっぱりと言った。

「その夜鷹のおかげで、お前は斬るべき相手を斬らなかった。それをこうして喋ったことで、荷はおろした。必ず成仏するから安心しろ。喋りついでに、もう一つ教えてくれ。一体それはどういう仕事だ?」

「要人暗殺……」

掠れた声で男は言う。

実行者は五人だが、殺す相手が何者か、黒幕は誰か、何も知らされない。すべてを掌握していたのはその頭《かしら》だけ……。

「おい、まだ死ぬな、他に言い残すことはないか」

だが声は途切れ、やがて何かぶつぶつ呟いて、静か息を引き取った。牢医には、ありがとうよ……と聞こえたという。

「それで、親分に呼ばれたんだ」

仙石医師から申し送りがあったらしく、篠屋に何かあったのかと問われたという。

千吉は、話すことは話したが、〃何があっても知らん顔しておれ〃という富五郎の教えに従い、玄関に飛び込んできた武士に道を訊かれただけ……と答えたという。

千吉は、問いかけるように綾を見つめた。

「その要人とは、壱岐守様と違うのか。襲ったのは攘夷派だと、おいらは思い込んでたけど、どうも違うんじゃねえか」

綾は無言で頷いた。

様々な思惑が、頭をよぎった。

そう、唐津藩は、内部がひどく複雑なのだった。藩主長国は、信州松本《まつもと》の松平《まつだいら》丹波守《たんばのかみ》の次男に生まれ、唐津に養子に入った人である。

だがその世子には、二つ上で小笠原家直系の長行が決まっている。

長国を推す家臣らは、その嫡子を世継ぎにしたいだろう。

それに幕府が崩壊した今、老中だった壱岐守は薩長側からは敵視され、唐津藩の存続に大きな影を落とすかもしれぬ。

かつての藩の英雄は、今やお荷物だった。

六

篠屋に帰ってからも、綾は考え込んだ。

千吉が聞き回って得た他の情報は――。

長行の正室は、唐津藩主長国の長女満寿姫《ますひめ》で、三十も年下の十六歳。嫁いだ時、花嫁は十三、花聟《むこ》は四十三歳だったという。

側室は一人で、漢学の師松田迂仙の娘美和《みわ》、十八歳。

どうやらこの二人には、まだ子が産まれていない。

綾は寝る前に、千吉から聞いた〝要人暗殺〟の話を手紙に認《したた》め、翌朝、朝飯を食べに現れた千吉に託した。

朝食後は大抵八丁堀へ出かけるので、途中で木挽町の藤倉診療所に寄ってもらい、藤倉本人に直接渡してくれるよう頼んだのである。

綾からの手紙を一読した藤倉は、診療を弟子に任せて私室に籠った。

火鉢の熾《おき》をかき起こしてその火に炙《あぶ》り、メラメラと燃え上がる炎を、しばらく見つめていた。

すぐ診療室に戻る気にもなれず、腕を組んで端然と障子を眺めていると、先日、不意に来訪した賓客のことがありありと甦ってくる。

客人が壱岐守と知った時、とっさに通したのは、寝室と書庫に挟まれた、この奥まってガラクタの積まれた書斎だった。

壱岐守ほどの要人が、夜中、供を一人連れただけで、面識もない町医者宅に忍んで来た背後には、尋常ならざる事情があろう。

客座敷では、隣室に話が漏れる恐れがあると考えたのだ。母や門人らの驚きもさることながら、壱岐守はどう思ったことか。

この障子の外は廊下で、その外に狭い坪庭がある。そこには薄紅色の山茶花がこんもりと咲いていた。

「昆泰仲先生の訃報は、思いもよらぬことであった」

と賓客は、藤倉と向かい合うとまずはしんみり言った。すでに承知していたのである。

「実はそのことで、折り入ってそなたに頼みたいことがある。それは予《かね》てから昆先生と言い交わしていたことだが、ご逝去とあっては是非も無い。聞き及ぶところでは、昆門下での第一は貴下とのこと。先生が誰より見込んだ弟子であれば、それで十分信じるに足る。私はそなたを先生と見立てて、頼みに参った」

火鉢の火をかき熾《おこ》しながら聴きいっていた藤倉は、ドングリ眼を上げて、相手の目を真っ直ぐに見た。

（どうだ、聴いてくれるか）と相手の目は訴えている。

思い詰めた強い光を放って、（聴いた以上は断れまい、断るなら今だぞ）と言っているように藤倉には思えた。

だがあの尊師が約束した以上、それなりの理由があるだろう。

またその理由が何であれ、一介の町医者の自分を、泰仲門下の一番弟子と聞いて〝不見転《みずてん》〟で信じたこの殿を、話も聴かずに追い返すわけにはいかぬ。

否なら否と言うだけのこと、と覚悟を決めた。

「承《うけたまわ》りましょう。どうぞ御用を仰せつけください」

藤倉は居住まいを正し、相手を見返した。

「ふむ……」

と壱岐守は微かに愁眉《しゅうび》を開き、目の光を柔らげた。

「実は私にもうすぐ、子が生まれる。初めての子である」

愛妾美和の懐妊を知った時、長行はある決意を持って、芝の昆泰仲の屋敷を訪ねた。いよいよ子が生まれるので、我が子を貴下の手元で養育してくれまいか、と願い出たのである。

それは以前から折にふれ、泰仲に話していたことだった。

（大名の子は、手元で蝶よ花よと育てては、ろくな人間には育つまい。もし自分に子が生まれたら、世の荒波に捨てることに決意している。その〝拾い主〟は先生しか考えられぬ）……と。

いよいよその時が来た。

訪ねてきた長行から、正式に依頼を受けた泰仲は、

「それは望外の光栄……、貴公が本気で捨てる気であれば、お預かりしましょう」

と力強く引き受けてくれたのだ。

返す返すも、その突然の死が惜しまれた。

だが門下には、優秀な門弟が何人もいる。その中でも第一と目《もく》される者を、家族や門弟から聞き出した。それが一風変わっていると評判の〝藤倉玄周〟だった。長行は、この男しかいないと見定め、変人であるのを是として、この訪問を決行した。

「……私は本気で、生まれる子を捨てる気でいる。生かすも殺すもお任せする、ぜひ

貴下に私の子を拾ってもらいたい」

言うや、思わず両手をつき、頭を下げたのである。

黙って聴いていた藤倉は、思いもよらぬ申し出に総毛立った。子のいなかった大名が、やっと恵まれた第一子を捨てるという。

実を言うと藤倉は、初めは違うふうに捉えていた。

世情不安が進み、幕府が転覆する事態にでもなれば、小笠原老中はただではいられまい。せめて家族の安寧を謀《はか》るため、大切な我が子を他人の手に委《ゆだ》ねようとしているのでは……。

だが、一介《いっかい》の町医者に両手をついた長行の真情溢れる姿に、深く胸を打たれ、そう考えた自らを恥じた。

この殿は、捨て子同然に育った自らの生い立ちを、慈しんでいる。城中で見た不甲斐《ふがい》ない老中らを思うにつけ、自分を鍛えたのはこの厳しい逆境であると。それあってこそ、数奇な運命を徒手空拳《としゅくうけん》で摑み取ることが出来たのだと。

「殿、どうか、お手をお上げください」

思わず藤倉は声を震わせたが、突き放すように言った。

「御意見、甚《はなは》だ結構と承りました。ですが手前は、昆先生に及ぶべくもございません。

しかも、人から笑われるほど厄介な頑固者です。それでもよろしいのですか」

「お手前が信じて進める養育法に、私は一切、口出しするまい」

と壱岐守は、藤倉の意を読みとって答えた
「それで安心しました。たしかに承知致しました。不肖、藤倉、わが命に代えて御子をお預かり申し上げます」

一徹な性分が、その口調に滲んでいた。

さらに藤倉は、藤倉らしい質問を一つした。その御子の名を何とするか、と。長行はすでに決めていたらしく、即座に答えた。

「女の子なら捨子《すてこ》、男の子なら捨丸《すてまる》と」

「捨丸……」

藤倉は復唱し、首を傾げた。

「それはいかにも、大名の若君のお名ですな。大名はお捨てになるのでは？　それともまだそのお覚悟が、出来ておられぬか」

やんわりとだが舌鋒《ぜっぽう》鋭い詰め寄りに、長行は初めて破顔し、大きく頷いて言ったのだ。

「子の生母の意を汲んで決めたこと、腹にいるうちは捨丸だ。しかし生まれてからはそなたの子。一切を任せる」

もし男の子なら〝捨蔵《すてぞう》〟と藤倉は考えている。

この方がゴツゴツして、大名の子らしくない。どこか土の香りがし、上半身裸で、泥んこで遊ぶ自然児を思わせる。下総《しもうさ》佐倉の片田舎で育った粗野な自分の子として、ふさわしい名ではないか。

「それがいい。そう、藤倉捨蔵だ」

口に出してみるとぴったりのように思え、一人微笑した。

気が昂《たか》ぶっていた。この先、考えることが多すぎる。気分転換にその辺を歩いてこようと席を立ちかけて、ふと火鉢に散っている手紙の燃えかすが目に入った。

綾の顔が目先に浮かび、またも物思いに沈んだ。

女中のままの姿をさらけ出した、あの明るい笑顔。小走りで来たらしく、汗が滲んでいた綺麗なおでこ。切れ長な目。どれも前と変わっていない。変わって見えるのは、全体に引き締まり、少し逞しくなったことぐらいか。

(不思議な女人だ……)

という思いが、様々な昔の記憶を呼び寄せた。あのころ仄《ほの》かな想いを寄せていたが、打ち明けることもなく、平四郎に奪われた。

無念の気持ちは、今も心の底から消えない。

平四郎が死んでから、綾を必死で探した時があった。

活計《たつき》のため、自分の診療所で働いたらどうか、と思ったのである。そうなっていたら、また別の人生が開けただろう。

そんな女人が、選《よ》りに選《よ》ってこんな重大事で気もそぞろの時、長い無沙汰を破って訪ねて来たのは、どういう巡りあわせか。

その驚きは、壱岐守を迎えた時に匹敵するかもしれない。

(秘密を何か知っているのか?)

と、あらぬ疑いに身構えたほどだ。

あの時は、綾に嘘をつくしかなかったのが心痛む。だが今後とも決して、真相を打ち明けることはないだろう。

再会も叶わぬだろうと思う。

藤倉は泰仲譲りの、漢方を取り入れる蘭方医として成功しつつある。門戸も年々拡げ、患者も増えている。

しかし、水が這い流れるように、成るべくして今の事態に至った。

尊師が、英明で知られる壱岐守と水魚《すいぎょ》の交わりをし、重大な約束を交わしたが、果たせずに逝去した。その右腕だった自分が見込まれ、約束を果たすに至った経緯は、すべて天の思《おぼ》し召しである。

(御子は天からの授かり物、自分は全力で護り育てなければならぬ)

藤倉はそう考え、深い想いに浸った。

遠くで赤子の泣く声が聞こえた。

一瞬、ビクッとして深い物想いから覚め、我に返った。

(療養所であれば、赤子が乳を求めて泣いても怪しまれまい)

そう、此処《ここ》はいい隠れ家に違いないが……。

なお腕を組んで座し、午後の冬陽が射す明るい障子を眺め続けた。

七

十一月も半ば、江戸に雪が降った。

ちらちらと朝から白いものが舞い、熄《や》むことなく静かに降り続いて、やがて地上は薄っすらと白く色づいた。

なおもしんしんと降るその夜、八重洲河岸《がし》の老中役宅の奥で、側室お美和はひっそりと、小笠原長行の第一子を産み落としたのである。

男児だったため、捨丸と名づけられた。

一夜明けると、江戸は一面の銀世界に変わっていた。

雪は家々の屋根も橋も道路も覆い尽くし、お濠の松の枝を撓《たわ》ませている。

だがこの日はうって変わっての晴天だった。

昇る太陽に雪も消えかけた真っ昼間、小笠原老中の役宅から、黒塗りに金蒔絵《きんまきえ》の女乗物が一挺、密やかに走り出た。夫人の満寿がよく使う乗物である。

若党一人、折助《おりすけ》一人が続き、屈強な武士が脇を固めていた。

戸を閉ざした乗物の中には、唐津から召し上げられた若い乳人《めのと》が、生まれて一日たたぬ若君を膝に抱き、緊張して鎮座しているはずだ。

大事な世子を、生まれて一日も置かずに他家に預けることには、満寿も、生母お美和も大反対だった。

「せめてお七夜までは、母親の御乳を差し上げたい」

という痛切な理由だったが、

「未練を残してはいけない、潔《いさぎよ》く手放すのがいいのだ」

と長行は頑として許さなかった。

乗物は雪が溶けてぬかるむ中を、八重洲河岸の川沿いに北に向かい、道三河岸《どうさんがし》を東に進んで、呉服橋《ごふくばし》から日本橋方面へと出た。

陽射しに誘われて人出はあったが、蔵屋敷が続く辺りはガランとして人通りもない。

その通りに差し掛かった時である。突然、侍が三人ばかりどこからかバラバラと駆け寄って来た。

「その乗物、待たれい。不審があるによって中を検《あらた》める！」

駕籠かきや、付き添いの武士らは、それを見て真っ青になった。

侍どもは、思いがけなく短銃を懐にチラつかせていたので、皆は乗り物から離れ、四方に逃げ散った。

侍の一人が乱暴にも、中を検めもせずに二発、弾を撃ち込んだ。だが叫び声がしないので戸を引き開けて、尻もちをつきそうになった。

中は空っぽで、誰も居なかったのである。

そのころ、役宅らしい秘密の門から出た駕籠が、逆方向へと走っていた。

医者が乗るゆったりした医者駕籠で、駕籠を囲む陣容は、前に出た女乗物と同じく折助、若党、警護の武士である。

ここから木挽町までさして遠くないが、途中、家臣の屋敷に寄って別の駕籠に乗り換え、あとは一気に藤倉の療養所へと走り込んだ。

藤倉からの警告の手紙に従い、壱岐守がこの一計を案じたのだ。

乗物の護衛や駕籠かきには、何かあったら、駕籠を放り出して即座に逃げよ、と命じておいた。

「綾さん、ちょっと、早く早く……」

番頭の甚八が台所に駆け込んで来たのは、それから三日後の、五つ（八時）過ぎだった。

十一月に入ってから客は減っていた。

もともと篠屋では、冬場は猪牙舟の客は少なくなるのだが。

今年はいつもと事情が違う。江戸はにわかに騒がしくなっていた。

薩摩御用盗と恐れられる藩ぐるみの強盗が、銃をかざして豪商の家に押し入ったり、夜の町で辻斬りをしたりして、江戸の町を荒らし始めたのだ。

政権を返上したものの、徳川方は領地も将軍の首も差し出さない。薩摩はそれを不満とし、挑発し、最後通告をしているのだ。

人々は戦々恐々としていたが、といって夜遊びする人がいなくなるわけではないのが不思議なところだ。

雪が降れば雪見酒などと洒落《しやれ》て、大川遊覧を所望する人が、今も江戸にはいるのである。

歌舞伎《かぶき》座や寄席《よせ》や見世物小屋には、結構の数の客が入っていた。

「商売上がったりで、田舎《いなか》に引っ込もうと思ってますわ」

などと料亭はぼやきまくるが、集団で押しかけ乱痴気《らんちき》騒《さわ》ぎをする客が多くて、なかなか柳橋の灯は消える気配を見せない。

だがこの夜の篠屋は客が少なく、予約の宴席はほぼ済んでいた。

これからの客は酒とつまみで事足りるから、薪三郎やお孝がそろそろ帰り仕度を始めている。

「あら、甚さん、どうしたの」

「来れば分かるって」

そんな問答を交わしつつ玄関に出て、綾は息を呑んだ。

そこに立っていたのは、いつぞや匿って欲しいと飛び込んで来た主従のうちの、あのがっしりした若党である。

思わず綾はその背後を見たが、頭巾のお方の姿はない。

「いつぞやは騒がせて済まなかった」

と親しげな笑みを浮かべて軽く頭を下げ、

「主人の分も、礼を申しておく。主人もこのあと参られるが、実は舟を出してほしい。半刻ほどあとでいいが、腕のいい船頭を予約したいのだが……」

「ようございますとも。ただ……あの、半刻後にご主人様が、ここへお見えになるのですか？」

「いや、主人は駕籠で、もうすぐ到着しよう。宴席があって近くの茶屋におられるが、早めに退《ひ》けて来られる。ここで一杯きこし召して、舟でご帰館となろう」

「では、御膳はどのようなものを……」

「なに、ちょっと呑むだけだ、酒だけでいい」

「はあ」

綾は頷いたが、困った顔で甚八を見やった。

〝主人〟とは、小笠原老中のことだろう。そのようなお方をどう遇するのか、何とお呼びするのか……。考えただけで、頭が固まってしまう。

「へえ、承りましてごぜェます」

と甚八が珍しく受けてくれた。

「ご安心くだせえ。親方がもう少しで帰りますでな。うちの船頭は皆、腕自慢だが、親方なら、天竺《てんじく》まで漕いで行きまさア」

そこへおかみのお簾が、宿帳を持って現れた。

「ようこそおいでなさいまし。おかみの簾でございます」

と頭を下げると、宿帳を開いてさりげなく相手の名前を訊いた。普通、座敷で一杯やるだけの舟客は、宿帳には記さないのだが。

綾は、おかみの巧みさに改めて舌を巻いた。先程からのやり取りを、帳場で聞いていたのだろう。

相手をどう遇するかは、宿帳に記載する名前と地位で判断すればいいのだ。相手が本名を出さぬ限り、こちらはその身分を知らないことにすればいい……。

それだけのことなのだ。

(何ごとも、知らん顔しておれよ)との富五郎の言葉が浮かぶ。

「あ、宿帳か、それがしが書きます」

と若党は屈託《くつたく》なく言い、筆を取って、立ったままサラサラ書いた。

「有難うございます。ではお武家様、すぐに座敷をご用意致します。お連れ様がお見えになるまで、少しお待ちくださいまし。甚さん、そこにお通して、お茶などお出しして」

と待合部屋を指し、すぐに綾を見た。

「綾さん、奥座敷を準備しておくれ」

言いざま広げて見せた宿帳には、主人の名を〝山科連太郎《やましなれんたろう》〟、その身分を〝武士〟とのみ達筆で記されていた。

八

〝山科連太郎〟はやがてやって来て、おかみの案内で奥座敷に入り、火鉢のそばにゆったりと腰を下ろした。

四十半ばの、なかなか風格のある武士だった。

端正でやや甘い風貌をしているが、その目の発する威力が他と違う。それは小笠原壱岐守としか言い様がない、と綾は感じた。

「綾さん、いいかい、あんたがお相手するんだよ」

とおかみに命じられている。

「本来なら、旦那様が紋付で挨拶に出るところだけど、向こう様はそれがお嫌のようだ。ただのお武家と思って応対なさい」

そのくせおかみは畳に額をつけるほど丁寧に挨拶し、綾の運んだ塗りの膳から徳利をとって、神妙に酌をした。

そして火鉢の火加減を確かめると、さっさと帳場に引き取ったのだ。

ただいい具合に壱岐守は、待合部屋にいるあの若党を無理やり座敷に呼んで、酒のご相伴《しょうばん》をさせている。

「……綾といったかな」

少し酒が入ってから、壱岐守は火鉢にもたれて話しかけて来た。

「つかぬことを聞くようだが、そちは医師の藤倉玄周と、古い知り合いだったそうだな」

「はい」

と綾は頷いたが、驚いて目をみはった。

先方は、綾を見つめているだけで余計なことを尋ねない。やや時が経ってから、ポツリと言った。